JN178609

ビーズログ文庫
アリス

A3!

克服のSUMMER!

トム

原作・監修／リベル・エンタテインメント

イラスト／冨士原良

CONTENTS
A3!
Act! Addict! Actors!
克服のSUMMER!

序章　春の次は

劇団新生MANKAIカンパニー春組《はるぐみ》の団員五人を含《ふく》む関係者全員が集まった談話室には、いつになく熱気がこもっていた。

ダイニングテーブルの上にはソフトドリンクや缶《かん》ビールなどの飲み物や、サラダや唐揚《からあ》げ、コロッケにカレーやおにぎりといった食べ物が所狭《ところせま》しと並んでいる。

主宰兼総監督《しゅさいけんそうかんとく》である立花《たちばな》いづみはおもむろに椅子《いす》から立ち上がると、軽く咳払《せきばら》いをした。

席についていたメンバー全員の視線が集中する。

「えーそれでは、春組旗揚《はたあ》げ公演が無事、満員御礼《おんれい》で千秋楽《せんしゅうらく》を迎《むか》えられたことを祝いまして、打ち上げを開催《かいさい》したいと思います！」

高らかに宣言した途端《とたん》、わっと歓声《かんせい》があがる。

「わー！　お疲《つか》れさまでした！」

「お疲れー！」

リーダーの咲也《さくや》が勢い良く拍手《はくしゅ》をすれば、綴《つづる》も頭上で手を叩《たた》く。

「おつおつ」

「……お疲れ」

最年長の至《いたる》と最年少の真澄《ますみ》は淡々《たんたん》と続いて、グラスを持った。

「おつかれダヨー」

シトロンもにこにこと笑いながらグラスを掲《かか》げる。

「うっうっ、劇場が、なくならなくて、本当に、うっうっ――」

「感動するの早いっすよ、支配人！」

早くも目元をぬぐう支配人の背中を、綴が軽く叩く。

ほんの二カ月前、一千万円の借金を抱《かか》えたこの劇団の専用劇場は、債権者《さいけんしゃ》である古市左《ふるいちさ》京《きょう》によって取《と》り壊《こわ》される寸前のところだった。それを、左京の出した条件をクリアするという約束で免《まぬが》れたのである。

提示された条件は三つ。

一つめは、期限内に新生春組の旗揚げ公演を行い、千秋楽を満員にすること。

二つめは、年内にかつてと同じく春夏秋冬四ユニット分の劇団員を集め、それぞれの公演を行い、成功させること。

三つめは、一年以内に劇場の借金を完済すること。

与えられた期限は短く実現は絶望的と思われた中、つい先日、一つめの条件である新生春組公演の千秋楽満員御礼を成《な》し遂《と》げたのである。今夜はそのお祝いの席ということもあって、その場にいた全員、達成感と解放感に包まれていた。

「みんな、グラス持ったね？　それじゃあ、乾杯《かんぱい》の音頭《おんど》は今回の座長である咲也くん、お願いね」

突然《とつぜん》水を向けられた咲也が目を丸くする。

「ええ!?　オレですか!?」

「よっ、座長！」

綴から声をかけられて、咲也が慌《あわ》てた様子で両手を左右に振《ふ》る。

「乾杯なんてしたことないですし、カントクの方が適任ですよ……！」

「早くしろ、咲也」

「はよはよ」

真澄や至からも急《せ》かされて、咲也がますますオロオロと視線をさまよわせる。

「スラックスダヨ！」

シトロンがそう声をかけると、咲也は小さく噴《ふ》きだしながらようやく立ち上がった。

「リラックスですよね。ええと、それじゃあ――」

少し考えるような間を置いた後、口を開いた。

「最初は団員がオレ一人しかいなくて、舞台《ぶたい》に立てただけでもうれしいと思ってました。でも、劇団がなくなるかもしれないって言われて、カントクが現れて、みんなが入ってきてくれて……もっといい芝居《しばい》がしたい、いい舞台にしたいって思うようになりました」

咲也がいづみに視線を送ると、いづみが小さく何度もうなずく。

「千秋楽は今までの人生の中で、最高の時間でした。もっと同じ時間を味わいたい、ずっとそこにいたいって思うような、幸せな時間でした」

慣れない挨拶《あいさつ》への恥《は》ずかしさからか、公演を終えた満足感からか、咲也は高揚《こうよう》した表情でふうっと一つ息を吐《は》く。

「……だな」

「俺も」

同意するように綴と至がうなずいた。

「まだまだ未熟だけど、みんな、これからもよろしくお願いします！　もっといい舞台を作っていきましょう！」

咲也がそう勢い良く頭を下げると、シトロンが拍手を送った。

「いいネ！」

「当たり前」

小さく鼻を鳴らす真澄に、咲也が微笑《ほほえ》んだ後グラスを掲げた。

「では、乾杯!!」

咲也の音頭にみんなが続き、グラスを鳴らす祝福の音色が響《ひび》く。

「乾杯！」

「乾杯ー」

「カンパイネ！」

「……ぷはー」

「真澄くん、飲むの速い！」

真澄に向かってグラスを傾《かたむ》けたいづみが、すでに中身を飲み干している真澄に突っ込んだ。

「うっうっ、まるで昔みたいな、うっうっ――」

「支配人、泣きすぎですよ！」

むせび泣く支配人のグラスにグラスを当てながら、いづみは苦笑いを浮《う》かべた。

「泣くといえば、至さんが泣いたのは意外でしたねー」

未成年の綴がウーロン茶を飲みながら思い出したようにそう告げると、咲也もうなずく。

「オレ、もらい泣きしちゃいそうになりました」

「足が痛くてさ」

「え!?　そっち!?」

素《そ》っ気《け》なく告げる至に、綴が冗談《じょうだん》交じりに突っ込みを入れる。

「イタル、てるてるヨ」

シトロンがにやっと笑いながら告げると、咲也が首をかしげる。

「てるてる？」

「照れてる？」

至も首をかしげながらたずねると、シトロンが大仰《おおぎょう》にうなずいてみせた。

「それダヨ」

「今のは、わかんねーっすわ！」

綴が笑い声をあげ、いづみも噴きだした。


稽古中《けいこちゅう》の苦労話や公演中の興奮など、話は尽《つ》きない。時間は夜の十時を回り、テーブルの上の食べ物がすっかりなくなっても、誰《だれ》もその場から立ち去ろうとはしなかった。

「そういえば、次の公演はどうするんすか？」

ふと綴が自分のグラスにウーロン茶を注ぎながら、いづみにたずねる。

「次は夏組《なつぐみ》の公演だね。一年以内にあと夏組、秋組《あきぐみ》、冬組《ふゆぐみ》のメンバーを集めて、それぞれ一公演ずつやらないといけないから、春組の公演はまた来年かな」

指折り数えながらいづみがそう答えると、綴が遠くを見つめる。

「じゃあ、しばらく舞台はお預けかー」

「新作ゲームの耐久《たいきゅう》プレイがはかどる……」

ビールを傾けながら至がぼそっとつぶやくと、いづみがすかさず視線を送る。

「稽古は続けてもらいますからね！」

「マジか」

言葉に反して、至の表情はまったく嫌《いや》そうではなかった。

「ちょっと残念だけど、次の公演のためにもっともっと練習してうまくなります！」

「うん。公演アンケートの結果も来てたし、次はもっといい舞台にしないとね」

意気込《いきご》む咲也にいづみがうなずく。

元々春組の団員は全員舞台経験のない初心者だったにも拘《かか》わらず、プロ並みの短期スケジュールで舞台に上がることを強《し》いられた。演技の基礎《きそ》は元より、あらゆる面で勉強しなくてはならないことが多々あるのは、いづみはもちろん咲也たち自身自覚していた。

「そういや、千秋楽のアンケート回答ですごいびっちり書かれたのあったわ。いいところと悪いところと合わせて、十枚つづり」

綴が回答の内容を思い出したのか、げっそりとした表情を浮かべる。

「長い……！」

驚《おどろ》くいづみの横で、至が首をかしげた。

「雄三《ゆうぞう》さんとか？」

「いや、匿名《とくめい》っすね」

綴も釈然《しゃくぜん》としない表情で首を横に振る。

「それだけちゃんと観《み》てくれたってことだよね」

「ありがたいネー」

前向きな意見を出す咲也とシトロンに、いづみも同調した。

「ちゃんと活《い》かしていかないとね」

そう言ってうなずいた後、いづみが団員一人一人の顔を見回す。

「それに春組の公演はうまくいったけど、あと三公演成功させないと劇場が潰《つぶ》されちゃうから、みんなにもサポートしてほしい」

「もちろんダヨ！」

「アンタのためなら、なんでもやる」

シトロンと真澄が力強くうなずくと、いづみはほっとしたように笑顔《えがお》を見せた。それから綴に向き直る。

「夏組の脚本《きゃくほん》も綴くんに任せるから、よろしくね」

「うっす」

いづみの言葉を受けて、気を引《ひ》き締《し》め直すように綴が返事をする。

「残り三公演か。気が抜けないね」

「そうなんです。また団員集めからやらないと……」

至の思案気《しあんげ》な言葉に、いづみが神妙《しんみょう》な表情でうなずく。

左京の条件には残り三公演の成功も含まれている。まぐれの春組成功ということでは許されない。

「また、ストリートACTで集めますか?」

咲也が問いかけると、いづみがやんわりと首を横に振った。

「千秋楽のチラシに夏組団員募集《ぼしゅう》オーディションの告知を入れたから、誰かは来てくれると思う。それに、スカウト枠《わく》として声をかけた子たちもいるから、なんとかなればいいんだけど……」

「スカウト枠?」

「誰っすか?」

不思議そうな表情をしている咲也と綴に、いづみが含み笑いを浮かべる。

「明日のオーディションに呼んだから、見たらきっとわかると思うよ」

「鉄郎《てつろう》さんか……」

至のつぶやきに、咲也と綴が同時にえ、と声を漏《も》らす。

「まさかの!?」

「まず、セリフが聞こえねえ!」

二人の言葉に重なるようにして、談話室に笑い声が弾《はじ》けた。

第1章　嵐を呼ぶ天才役者

『ＭＡＮＫＡＩカンパニー夏組《なつぐみ》オーディション会場』――ＭＡＮＫＡＩ劇場のエントランスに貼《は》られた白い紙の位置を慎重《しんちょう》に直した後、支配人がソワソワした様子で劇場内に戻《もど》ってきた。

「オーディション、人来てくれますかね……」

開始時間まであと三十分。今のところ訪《おとず》れた人数はゼロだ。

「前回はどうだったんですか？」

いづみがＭＡＮＫＡＩカンパニーに入った時には、団員は咲也《さくや》一人だけだった。そこからはオーディションなしで春組《はるぐみ》の団員を増やしていったため、前回のオーディションの様子はまったくわからない。

いづみの問いかけに、咲也が小さく手を挙げる。

「オレ一人でした」

「マンツーマンでしたね」

ほんの二カ月前のことなのに、しみじみと懐《なつ》かしむように支配人が目を細める。

「何も聞かれずに即《そく》、『採用』って言われました」

「適当すぎる……！」

いづみは支配人のあまりの雑な対応に思わず絶句した。

と、その時、客席の扉《とびら》が開いた。

「こんちはー」

「どーも」

色素の薄《うす》い髪《かみ》に黒い中折れ帽《ぼう》をかぶった三好一成《みよしかずなり》と、ピンクのベレー帽にスカート、白いブラウスを着たショートカットの瑠璃川幸《るりかわゆき》が続けて入ってくる。

春組の公演の時に、一成は広報ビジュアル、幸は衣装《いしょう》を手伝った関係で、いづみたちとは顔見知りだ。

「あ、いらっしゃい！　二人とも、来てくれたんだね」

いづみがぱっと顔を輝《かがや》かせると、咲也と綴《つづる》が驚《おどろ》いたように目を見開く。

「一成さん、幸くん⁉」

「もしかして、スカウト枠《わく》って二人のことっすか？」

「そうだよ。二人とも見込みがありそうでしょ」

綴に問いかけられて、いづみがにやりと笑う。

「まだ、やるとは決めてないから」

すっかり二人が入る気でいると思い込んでいるいづみに、幸が素《そ》っ気《け》なく告げる。

「そうなの？」

「一応今日、話を聞いてから決めるつもり」

慎重な幸に、いづみはそれで構わないとうなずいた。

「オレはオッケーっすよ。面白《おもしろ》そーだし。つづるんよろー」

一方、一成は軽い調子でひらひらと手を振る。

「そんなんでいいんすか!?」

綴が驚いたように突っ込むと、一成はへらへらと笑った。

「いいの、いいの。どーせ、ヒマだし、友達増えそうだしさ」

「軽い……！」

いづみも思わずそんな言葉が漏《も》れてしまう。

(い、いや、最初のきっかけなんてなんでもいいんだから。これから、芝居《しばい》の面白さを分かってもらえばいい)

いづみはそう考え直すと、幸に向き直った。

「幸くんも試《ため》しに始めてみない？」

お試しで、というようにそう勧《すす》める。

「んー、でも、別に役者に興味があるかっていうと、そうでもないし」

幸が小首をかしげると、いづみがさらに続けた。

「幸くんの作る衣装は、やっぱり幸くんが一番似合うと思う。舞台《ぶたい》に立ったら、きっと映《は》えるよ」

実際に、前回の春組公演『ロミオとジュリアス』の衣装を見た時、いづみが思ったことだった。カワイイ洋服が好きだと公言し、性別に関係なくスカートなどを取り入れ好きな洋服を着ている幸の衣装は、幸ならではのセンスにあふれていて、幸自身にも良く似合うテイストだ。

「あー、たしかに、そこは気になるんだよね。作ってる時も、実際舞台に立って動いたらどうなるかって、想像しにくいところがあるし……」

考え込むように幸が指を顎《あご》に当てる。

「衣装係兼《けん》役者でいいんじゃね。勉強になるよ」

実際に脚本家《きゃくほんか》と役者の二足のわらじを履《は》いている綴がそう促《うなが》す。

「んー、じゃあ、やってみよっかな」

「やったー！　よろしくね！」

幸の言葉に、いづみが小さく手を叩《たた》く。

「よろしくね、幸くん！」

「よろ」

咲也と至《いたる》が歓迎《かんげい》すると、一成が幸の顔を覗《のぞ》き込んでにこっと笑った。

「ゆっきーっていうんだ？　かわいーね！　オレ、三好一成。連絡先交換《こうかん》しよ！」

そう言ってスマホを取り出す一成を見る幸の目が据《す》わる。

「……ちなみにオレ、男だから」

「そうなんだ？　かわうぃーねっ！」

幸の発言にもまったく驚いた様子もなく、一成は片目をつむって見せる。やる人間によってはギャグにしか見えない仕草だが、一成がすると不思議と愛嬌《あいきよう》がある。

ただ、幸にとってはうっとうしいだけなのか、相変わらず据わった目で一成を見つめていた。

「……このコミュ力高男《たかお》と同じ組？」

「う、うん。でも大丈夫《だいじようぶ》！　悪い子じゃないから！　たぶん！」

「……たぶん？」

いづみの失言に幸が眉《まゆ》を上げた時、微《かす》かな声がどこからか聞こえてきた。

「す、すみませーん……」

しかし、あまりに微かすぎて、誰《だれ》も気づかない。

「大丈夫、大丈夫、基本いい人だから！　基本！」

「……基本？」

綴の発言に幸がまたかみついた時、再び微かな声が響《ひび》く。

「あ、あのー……」

しかし、すぐに一成のテンションの高い声にかき消されてしまう。

「ロミジュリの衣装もゆっきーが作ったんでしょ？　あれマジやばたん！　オーソドックスなのにアレンジきいてて、超《ちょう》かっこいー！」

「……どうも」

衣装をほめられるとまんざらでもないのか、幸がわずかに態度を軟化《なんか》させた。

と、その瞬間《しゅんかん》、場違《ばちが》いに大きな声が響く。

「あの!!」

突然《とつぜん》聞こえてきた声に、いづみがびくっと体を震《ふる》わせた。

「……何？」

耳を押さえながら、真澄《ますみ》がわずかに眉をひそめる。

「す、すみません！　何度か声をかけたんですけど……」

一斉《いっせい》に声の主《ぬし》に視線が集中する。と、眉を下げて泣きそうな表情をした小柄《こがら》な少年が頭を下げた。

少し癖《くせ》のある柔《やわ》らかそうな髪に、優《やさ》しげな大きな瞳《ひとみ》が潤《うる》んでいる。背は幸と同じくらいで年齢《ねんれい》も同じくらいに見えた。ぎゅっと胸の前で握《にぎ》り締《し》められた両手が小刻みに震えている。

「……あれ？」

少年の姿を認めた幸が、小さく声をあげた。それに重なるように、いづみが少年に声をかける。

「気づかなくてごめんね。何か用かな？」

少年を怯《おび》えさせないためか、ことさら優しい口調で問いかける。少年は少し落ち着いたように、おずおずと口を開いた。

「あの、オーディション会場ってここですか？」

「そうだけど……もしかして、夏組団員募集オーディションに来てくれたの⁉」

勢《いきお》い込んでいづみがたずねると、少年は臆《おく》したように一歩後ずさりした。

「は、はい。よろしくお願いします……」

「向坂《さきさか》、オーディション受けるの？」

向坂と呼ばれた少年が、幸を認めて大きな目をさらに大きく見開く。

「え？　瑠璃川くん……⁉」

二人のやり取りを見ていたいづみが首をひねる。

「幸くんの知り合い？」

「同級生」

「そうなんだ!? 偶然《ぐうぜん》だね」

幸が短く答えると、いづみが驚いたように声をあげる。

「向坂が演劇に興味があるなんて知らなかった」

「う、うん、受けるだけ、受けてみようと思って……瑠璃川くんも？」

おずおずといった様子で、向坂が幸にたずねる。

「オレは衣装係してた関係で、声かけられた」

「すごいな、瑠璃川くん」

「別にすごくないよ」

向坂に尊敬のまなざしで見つめられながらも、幸は淡々《たんたん》と告げる。

「ボクはきっと不合格だと思う……」

(定員割れでみんな合格だけど……)

自信なげに視線を落とす向坂を見ながら、いづみは心の中でそうつぶやいた。

春組と同じように夏組も最低五人は団員を揃《そろ》えなければならない。今のままでは人数が足りない。

「それじゃあ、ひとまずオーディションを始めようか。幸くんと一成くんも一緒《いっしょ》に参加してくれるかな」

現在の実力を見るためにも、といづみが声をかける。

「りょ」

「わかった」

「よろしくお願いします……！」

一成、幸、向坂がそれぞれ返事をした時、再び客席の扉が開いた。

「──おい、オーディション会場ってここか？」

やけに張りのある声が響く。

大股《おおまた》で入ってきたのは、オレンジ色の髪をした青年だった。すらりとしたバランスのいい手足に小さな頭、目元はサングラスで隠《かく》れているものの、それでも整っているとわかる顔立ちをしていて、かなり目立つ。

青年は舞台に歩み寄りながら劇場の中をぐるりと見回すと、わずかに顔をしかめた。

「やっぱボロいな、この劇場……」

「キミもオーディション参加希望？」

いづみが声をかけると、青年が両腕《りょううで》を組んで顎を上げた。

「そうだけど、アンタは？」

「監督《かんとく》兼主宰《しゅさい》の立花《たちばな》です。よろしくね」

「ふうん、ずいぶん若いんだな」

これからオーディションを受ける立場というよりは、むしろ審査《しんさ》する立場のような態度で、いづみの頭の先から爪《つめ》の先まで眺《なが》める。

(妙《みょう》に貫禄《かんろく》があるっていうか、偉《えら》そうな子だな……)

いづみは心の中でそんな感想をもちつつ、青年を壇上《だんじょう》に促《うなが》した。

「じゃあ、キミもここに並んでくれるかな。名前は?」

「——皇天馬《すめらぎてんま》」

青年はそう名乗りながら、サングラスを外《はず》した。聞き覚えのある名前と顔に、一瞬《いっしゅん》いづみの口がぽかんと開く。

と、同時に咲也があ、と声をあげた。

「オレ、この人、テレビで見たことあります!」

咲也に続いて一成も歓声《かんせい》をあげる。

「超有名人じゃん! スッゲー!」

「皇天馬って、俳優だっけ」

幸が首をかしげると、向坂がうなずいて、小さくささやいた。

「子役から始めて、高校生にして芸歴十五年の実力派俳優だよ」

「ふーん」

向坂のささやき声が聞こえたのか、幸のぶしつけな視線で察したのか、天馬がむっとした表情を浮《う》かべる。

「……オレのこと知らないとか、どこの田舎《いなか》もんだよ」

「はあ？」

幸が顔をしかめて反論しようとした時、一成がどこから出したのかペンとメモ帳を天馬に差し出した。

「テンテン、サインちょうだい！」

「……テンテン？　サインは別にいいけど」

聞き慣れないあだ名に面食らいながらも、天馬は慣れたしぐさでメモ帳にサインをしてやっている。

（まさか、こんな有名人がオーディションに来てくれるとは……）

皇天馬、全国で知らない人間はいないというほどの有名若手俳優だ。幼い頃から国民的な朝のドラマや歴史ドラマに出演し、高校生となった現在も、映画やドラマに引っ張りだこでその姿をテレビで見ない日はないといってもいい。

何故《なぜ》そんな有名人が、とやや腑《ふ》に落ちないような思いがありつつも、いづみはその場を収めるように手を叩いた。

「それじゃあ、今からオーディションを始めるね。まずは名前と演劇の経験を一人ずつ言ってくれるかな」

いづみに促されて、一番端《はし》に立っていた幸が口を開く。

「瑠璃川幸、中三。演劇経験はなし」

「オレより年下かよ」

天馬は明らかにバカにしたような口調でそう言うと、鼻を鳴らす。

「だから?」

「礼儀《れいぎ》がなってねぇ」

「はぁあ?」

幸の顔が一気に険しくなったところで、一成が二人の間に割って入った。

「はいはい、次オレね。三好一成、大学二年。演劇経験はゆっきーと同じくなしっす」

一成のおかげで天馬と幸が黙《だま》ったのをこれ幸《さいわ》いと、いづみが続きを促す。

「次はええと、向坂くん?」

「は、はい! 向坂椋《むく》、中学三年生です。演劇経験はありません」

「素人《しろうと》ばっかりかよ。こんなんで、本当にオーディションになるのか?」

天馬がため息交じりにつぶやくと、椋がびくりと肩《かた》を震わせた。

「最後は天馬くん」

「今更《いまさら》紹介なんて必要ないだろ。さっき、言った」

「一応、改めてお願いできるかな。舞台の経験も聞きたいし」

いづみがそう促すと、天馬は小さく息をついた。

「……皇天馬、高校二年。役者としては十五年……舞台経験はなし」

「なし？　一度も？」

いづみが驚いたように目を見開く。

「オレ、基本映画メインだから」

「かー！　かっけー！　テンテンの両親も映画スターだし、番宣《ばんせん》とかもほとんど出ないよね！」

「……まあな」

一成に尊敬のまなざしを向けられて、天馬はまんざらでもなさそうにうなずく。

（こだわりが強そうだけど、なんでうちのオーディションに来たんだろ……）

今まで舞台経験がないならなおさら、潰《つぶ》れかけの弱小劇団にわざわざオーディションまで受けて入ろうと思う理由はないはずだ。

いづみは不思議に思いながらも、オーディションの内容について説明を始めた。

「それじゃあ、今から簡単な課題をやってもらうね」

「課題って、この舞台の上でやるのか？」

天馬が深刻そうな表情でたずねる。

「うん。そうだけど……？」

「……課題なら問題ないか」

考え込むように舞台の床《ゆか》を見つめる天馬を前に、いづみが首をかしげる。

「どうかした？」

「いや、なんでもない」

いづみは天馬の態度に違和感《いわかん》を覚えながらも、先を続けた。

「それじゃあ、『おはよう』っていうセリフを喜怒哀楽《きどあいらく》の四つの感情で言ってみてくれるかな。まずは、幸くん」

「はーい」

幸は一歩前に出ると少し考えた後、口を開いた。

『おはよう』

『おはよう！』

『おはよう……』

『おはよう～』

最初はやや明るめの声で、次は心なしかボリュームも上げて語気《ごき》を強めに、三回目は声のトーンを落として、四回目は気の抜けたような声だった。

「こんな感じ？」

幸がたずねると、いづみがうんうんとうなずいた。

（度胸もあるし、勘《かん》もいいな。やっぱり私の目に狂《くる》いはなかった！）

芝居をするということに臆するでもなく、喜怒哀楽を自分なりにちゃんと表現している。最初の段階ではそれで十分だった。

「じゃあ、次は――」

「学生レベルだな」

いづみが指定しようとした時、天馬がぼそっとつぶやいた。

「はあ？　さっきから、いちいち――」

幸がかみつこうとするのを、いづみが慌《あわ》てて止める。

「ちょっと、天馬くん。オーディション中だから、私語は控《ひか》えて」

いづみが注意しても、天馬に反省の色はなく、肩をすくめるだけだった。

「じゃあ、次は一成くん」

いづみに指定された一成が軽い足取りで一歩前に出る。

「ういー。えーと、喜怒哀楽だっけ。まずは……」

『おはよう！』

『お・は・よ・う』

『おはよ……』

『よー』

一成はさっきの幸とも違《ちが》い、セリフを微妙《びみょう》に変えることで喜怒哀楽を表現した。

「セリフは変わってるけど、まあいいか」

（一成くんもなかなかイイ感じ）

自分なりに工夫《くふう》して表現をするというのは、役者にとって必要な能力だ。幸と同じように人前で何かをするということにも変に構えるでもなく、いづみは及第点《きゅうだいてん》と感じていた。

「今のもありとか、ゆるすぎ」

いづみの評価を聞いていた天馬が、再び茶々《ちゃちゃ》を入れる。

「……うざ」

「あ？　なんか言ったか？」

幸のつぶやきに、天馬が目を吊《つ》り上げる。

終始険悪な空気を漂《ただよ》わせている二人の言葉を遮《さえぎ》るように、いづみが声をあげた。

「はい！　次は椋くん！」

「は、はい！」

指定された椋がびくりと体を震わせる。そしておずおずと前に出たかと思うと、しばらくもじもじと床を見つめていた。

ややあって、意を決したように口を開く。

『お、おはよう……』

微かな声は聞き逃《のが》してしまいそうなくらいか細い。

「今のは喜びの表現？」

いづみが首をかしげると、椋の体がびくっと跳《は》ねた。

「あ、あの、すみません！」

「ううん、謝《あやま》らなくていいよ。自信をもってやってみて」

いづみが優しく促すと、椋は小さくうなずいた。

『おはよう』

『おはよう……』

『おはよう』

『おはよう！』

相変わらず声は小さく、その感情表現の振り幅《はば》は微かなものだったが、確実に変化は見て取れる。いづみは微笑《ほほえ》みながらうなずいた。

（さっきの二人みたいな派手さはないけど、繊細《せんさい》さがあって、これを伸《の》ばしていったら強みになるかも！）

人前に出ることに慣れていない点は、これから回数をこなし場慣れしていくことで、いくらでも克服《こくふく》できる。

いづみが前向きに考えていると、横からもう何度目かわからないため息が聞こえてきた。

「はあ……」

「‼　す、すみません……」

天馬のため息に反応したように、椋が勢い良く頭を下げる。

「え？　どうしたの？　謝らなくていいよ？」

いづみが不思議そうにたずねると、幸がうんざりしたように説明を付け加えた。

「そこのポンコツ役者がため息なんてつくからだよ。ほんと、うざい」

「おい、誰に向かってポンコツ役者って言ってんだ？」

「そこのセンス悪いオレンジ頭のポンコツのことだけど？」

「ああ⁉」

一触即発《いっしょくそくはつ》といった様子の天馬と幸の顔を交互《こうご》に見て、椋があわあわと両手を振る。

「ま、待って、瑠璃川くん。ボクの演技が味噌《みそ》っかすでダイコンで下手くそだっただけだから――」

「そこまで言ってたっけ」

椋のあんまりな言いように、幸があきれたような表情をする。

「椋くんは味噌でも大根でも下手くそでもないよ」

いづみもそうフォローすると、天馬に向き直った。

「次、天馬くん、お願い」

いづみに促された天馬が、悠々《ゆうゆう》とした足取りで前に出る。

「あれだけ大口叩くんだから、それなりなんだよね？　早くやれば」

幸が刺《とげ》のある声でそう告げると、天馬は言い返すこともなくゆっくりと瞬《まばた》きをした。

(雰囲気《ふんいき》が変わった……？)

そう感じたいづみの目前で、天馬が口を開く。

『おはよう』

さっき悪態をついていたとは思えないような柔らかな声で告げる。はにかんだような表情には何かいいことがあったような喜びの感情がにじみ出ていた。

『おはよう』

今しがたの喜びの感情がウソのように、まなざしが険を帯びる。口調は落ち着いているが、それだけに抑《おさ》えた怒《いか》りが伝わってきた。

『おはよう』

今度は一転して伏《ふ》し目《め》がちに、憂《ゆう》うつそうな表情で告げる。声も暗く、気分がさえない様子が簡単に見て取れる。

『おはよう』

軽く手を挙げながら弾《はず》んだ声で、内から湧《わ》き上がる感情が我慢《がまん》できないといったはつらつとした様子で告げる。

喜怒哀楽、すべての感情が観客にもまるで手に取るように伝わってくる演技だった。天馬がすべての演技を終えた瞬間、その場がしんと静まり返る。

(すごい……セリフも変えずに、オーバーなことは何もしないで、喜怒哀楽を的確に表現してる。こなれてる、とかそういうレベルじゃない。完璧《かんぺき》に『プロ』のレベルだ。性格は難がありそうだけど、実力は間違《まちが》いない)

いづみは天馬の演技にただただ感嘆《かんたん》した。

「テンテン、すげー……!」

「やっぱり本物の役者さんは違いますね……!」

「当たり前だ」

一成や椋のほめ言葉を、天馬が平然と受け止める。

「普通《ふつう》」

「なんだと!?」

ぼそりとつぶやかれた幸の言葉に天馬が反応したところで、いづみが割って入った。

「はいはい、課題は以上。みんな、お疲《つか》れさま」

「は? これで終わり?」

「もう、いいんですか……?」

天馬がけげんそうな表情でいづみを見れば、椋も不安そうな表情を浮かべている。

「結果は?」

幸の質問にいづみはにっこりと微笑《ほほえ》んだ。

「全員合格」

「はあ!?」

「全員って、ボクも……？」

天馬と椋が同時に驚きの表情を浮かべる。天馬としては、自分以外が合格であることが、椋には自分が合格であることが信じられないといったところだろう。

「ま、人材不足らしいしね」

「みんな、合格おめー！　連絡先交換しよ！」

内情を知る幸は早々に納得《なっとく》し、一成もスマホを取り出している。

「ふざけんな。こんなレベル低い奴《やつ》らと一緒にやれっていうのか？」

天馬の苛立《いらだ》ちを隠さない言葉で、あたりがしんと静まり返る。

「……自分をどこまで過大評価すんだ、ポンコツ役者！」

幸が我慢できないといった様子で声を荒《あら》らげる。

「さっきから、オレのどこかポンコツだっていうんだ！」

「空気読めないポンコツぶりだよ！」

「んだと!?」

立ち位置的に、口論をする二人の間に挟《はさ》まれる形となった椋がおろおろと交互に二人を見つめる。

「ケ、ケンカはダメだよ」

「まあまあ、みんな仲良くいこーよ！」

一成は場違いなくらいに明るい声でそう告げると、二人の肩を叩いた。

「なんだか、真澄くんと綴くんを思い出しますね～」

夏組のオーディションを少し離《はな》れたところで見ていた咲也がのんびりと告げる。

「末はニコイチ、ケンカップルか。男の娘《おとこのこ》、流行《はや》りだし」

「セット売りでがっぽがっぽダヨ」

値踏《ねぶ》みするような至とシトロンの会話に綴があきれたような表情を浮かべた。

「大人のオタク会話生々しいんでやめてくださ～い」

完全に観客モードであれこれ春組メンバーが話していると、同時に天馬と幸が振り返る。

「外野うるさい！」

「黙《だま》ってろ！」

二人の声が見事なまでにかぶって響く。

（案外仲良くなれそうな二人だな……）

いづみは二人をなだめるのも忘れて、そんなことを思っていた。

「大体お前は、年上に対する礼儀ってもんが——」

「精神年齢って知ってる？」

「なんだと――!?」

いつまで経《た》っても終わりそうのない天馬と幸の口論を見かねて、いづみが割って入る。

「はいはい、そこまで！」

二人がようやく口をつぐんだところで、改めて天馬に向き直った。

「定員割れしてるし、時間もないので、全員合格っていうのは確定。それで不満があるなら、天馬くんには辞退してもらうしかないけど……どうする？」

いづみの言葉に、天馬が信じられないといった様子で目を見開く。

「オレを外すのかよ!?」

「このメンバーでやるのが嫌《いや》なら、しょうがないよ」

いづみがあっさりとそう告げると、天馬は苦虫をかみ潰したような顔で黙り込んだ。それからややあって、渋々《しぶしぶ》うなずく。

「……わかった。それでいい」

「はい、決まりね」

いづみとしても、この人材不足の中、即戦力の天馬の入団はありがたい。ただ、不承不《ふしょうぶ》承《しょう》といった様子の天馬に引っかかりも感じていた。

（それでもうちの劇団に入ってくれるなんて、やっぱり何か理由があるのかな……）

「ねえ、天馬くんは、どうしてうちのオーディションに来たの？」

いづみの問いかけに、天馬が言葉を詰《つ》まらせる。

「それは……」

それきり黙ったかと思うと、咲也の方を振り返った。視線に気づいた咲也が不思議そうに首をかしげるが、天馬はそれ以上何も言わずに、いづみの方に向き直った。

「今まで本格的な舞台経験がないから、演技の幅を広げるために劇団を探してたんだよ。ヒマ潰しにそこの奴らの公演観《み》に来たら……ちょっとはマシだなって思っただけだ」

そう言いながら、天馬は春組のメンバーの方へ顎をしゃくってみせる。

「ま、ラスト以外はマジグダグダで、何度も席立とうと思ったけどな」

付け加えられた言葉に、綴がぴくりと眉を動かす。

「ラスト以外グダグダ……？」

「まあまあ」

至はなだめるように綴の肩を叩いた。

「ロミジュリ観に来てくれたんですね！　ありがとう！」

屈託《くったく》のない笑顔《えがお》で咲也が礼を言うと、天馬は戸惑《とまど》ったように顔をそむけた。

「べ、別に……」

決まり悪そうな照れたような天馬の表情は、辛辣《しんらつ》な口ぶりとは対照的だ。

（春組の公演を気に入って、来てくれたんだ……なんだか、うれしいな。性格はどうかと思ったけど、意外とうまくやっていけそう）

いづみは天馬への評価を改めると、口元を緩《ゆる》ませた。

「よし、それじゃあこれから夏組メンバーとして、みんな、頑張っていこうね！」

いづみの呼びかけに、新たな夏組メンバーが口々に返事をする。

「はあ、しょうがねえな」

天馬も不承不承といった様子で小さくうなずいた。

「それじゃあ、この劇団のことを少し説明させてもらうね」

いづみはそう切り出すと、劇団の説明を始めた。

「ＭＡＮＫＡＩカンパニーは春夏秋冬の四つの組に分かれて、それぞれ公演を行います。一つの組につき団員は五人で考えてる。夏組は定員まであと一人ってこと。夏組の旗揚《はたあ》げ公演は約三カ月後」

「三カ月!?　このメンバーで三カ月後に本番なんて無理に決まってるだろ」

ドラマや映画の経験がある天馬は、芝居が出来上がっていく経過を知っているからだろう、驚きの声をあげる。

「それは大丈夫」

いづみは確信をもってそう告げた。ほんの二、三カ月前はいづみも天馬と同じ反応をしていた。しかし、春組という実績のある今は違う。

「何を根拠《こんきょ》に……」

天馬が眉をひそめると、咲也が口を挟む。

「オレたち、全員未経験だったけど、二カ月くらいで本番迎《むか》えたから、みんなも大丈夫だよ！」

「未経験から、二カ月で……!? マジかよ……」

信じられないといった様子で唖然《あぜん》とする天馬をよそに、いづみは先を続けた。

「そういうことなので、三カ月間、みんなには、みっちり頑張ってもらうからね」

にっこりと笑ういづみに対して、メンバーの反応は様々だった。

「……早まったかな」

「ういうい！」

「が、頑張ります！」

過酷《かこく》な稽古《けいこ》を予感しているらしい幸に、状況《じょうきょう》をわかっているのかいないのか軽く返事をする一成。そして、椋は覚悟《かくご》を決めたように緊張《きんちょう》した面持《おもも》ちで意気込《いきご》みを告げた。

「それから、うちの劇団には団員寮《りょう》があるんだけど、みんなどうする？　寮に入るのは必須《ひっす》ではないから、通《かよ》いでも大丈夫だよ」

いづみの問いかけに、いの一番で応《こた》えたのは一成だった。

「オレ、入る、入る。つづるんと一緒～」

ひらひらと手を振りながらそう告げる。

「うわあ……」

「綴、顔に出しすぎ」

あからさまに嫌そうな顔をする綴を見て、至が面白がるように笑う。

「じゃあ、一成くんは入寮《にゅうりょう》ってことで……他の三人は、中学生と高校生だから、もし入寮するなら親御《おやご》さんの承諾《しょうだく》が必要なんだけど……」

「オレは一応もう話してある。寮も問題ないって」

幸が淡々と告げると、いづみが意外そうな表情を浮かべる。

「そうなの？」

幸の場合はまだ中学生ということもあって、普通ならば親元を離れることに抵抗《ていこう》があってもおかしくない。幸自身が平気でも、親が心配するのが普通だ。

「うちの親、かわいくない子にもとりあえず旅させとけ派だから」

「え～？　ゆっきーめっちゃかわいいじゃん！　激マブじゃん！」

「はいはい」

幸が一成の言葉を適当にいなす。

「じゃあ、一応私からも直接ご挨拶《あいさつ》させてもらっていい？」

いづみがそう問いかけると、幸はうなずいてスマホを取り出した。

「わかった。ちょっと待って」

そのままスマホを操作して電話をかけ始める。

「……もしもし、幸。うん、劇団入ることにした。うん、うん。で、寮のことで、監督から話があるんだって。うん、代わるね」

幸はそこでスマホを耳から離すと、いづみに手渡した。

「もしもし、お電話代わりました」

『もしもし。瑠璃川幸の母です』

スマホから聞こえてきたのは、上品そうな女性の声だった。

「初めまして。私、劇団MANKAIカンパニーの監督兼主宰の立花です。この度《たび》幸くんに入団してもらうことになったので、一度ご挨拶をと思いまして……」

『あらあら、ご丁寧《ていねい》にどうもありがとうございます』

「団員寮への入寮の件なんですが、問題ありませんでしょうか？」

『ええ、ずっと親元にいるよりは、寮生活で少し鍛《きた》えてもらった方がいい経験になりますから。ばっちりしごいてやって下さい！』

「わ、わかりました。責任をもってお預かりします」

柔和《にゅうわ》な口調で豪胆《ごうたん》なことを言われ、いづみは少し面食らってしまいながら返事をする。

（やっぱり演劇の聖地は違うな……理解がある）

演劇が盛《さか》んな土地柄《がら》、劇団での活動に積極的な親も多いのかもしれない。いづみの暮らしていた地方との差を感じてしまう。

「それでは、詳《くわ》しいことはまた改めてご連絡しますので……失礼します」

いづみは電話を終えると、幸にスマホを返した。

「それじゃあ、天馬くんはどうする？」

「オレはいいって言われてる」

最初からそのつもりだったのか、天馬があっさりとそう告げる。

「連絡とってもいいかな？」

「撮影《さつえい》で年中海外飛び回ってるから、連絡つかない」

（真澄くんの家みたいだな……）

真澄が寮に入る時のやり取りをつい思い返しながら、いづみはさらに続けた。

「留守電に入れるだけでもいいから」

「……わかった」

天馬はようやく納得すると、スマホを操作していづみに手渡した。

いづみは留守電に挨拶と天馬の入寮の件を簡単に残すと、電話を切った。

「これでよし、と」

天馬にスマホを返しながら、残った椋の方を向く。

「あとは椋くんはどうする？」

「ボ、ボクもできれば、寮に入りたいです」

おずおずといった様子ではあるものの、その決意は固いのかはっきりと告げる。

「親御さんにはまだ話してない？」

「まだ……劇団のことも……」

「幸くんと同じ学校なら、ここから家が遠いわけじゃないんだよね？　家から稽古に通う形でも問題ないけど……」

いづみがそう告げると、椋は慌てたように首を横に振った。

「いえ！　ボクも寮がいいです」

「そ、そう？　それじゃあ、親御さんに話してみようか」

「はい……」

どこか緊張した面持ちで、椋がスマホで電話をかけ始める。

「……もしもし？　ボク。うん、うん、ビロードウェイ。ううん、観に来たんじゃなくて、オーディションに。うん、うん。劇団に入ろうと思って。うん。大丈夫だよ」

椋は電話口の相手を安心させるように告げると、意を決したように口を開いた。

「それで、寮に入りたいんだ。うん。平気だってば。ううん、そんなことないよ。寮がいいんだ。ううん、そうじゃないよ。本当に、違うんだ」

何か誤解が生じているのか、椋が必死に相手の言葉を否定している。

（大丈夫かな……私が代わって説明した方がいいのかな）

いづみがはらはらしながら見守っていると、椋が強い口調で電話口に訴《うった》えた。

「だから、本気でお芝居《しばい》頑張ってみたいんだ……！　お父さん、お願い……！」

オーディションの時からどこかおどおどしていた表情が一変する。

（椋くん……本当にお芝居やりたいんだ）

懸命《けんめい》に言葉を重ねる椋の表情を見ていたいづみは、そんな風に感じた。

「……うん、うん。わかった。約束する。うん。それじゃあ、カントクさんに代わるね」

少しほっとしたような表情を浮かべた椋から、いづみがスマホを受け取る。

「もしもし、お電話代わりました。監督兼主宰の立花です」

『初めまして、椋の父です』

聞こえてきた声は落ち着いているものの、どこか沈《しず》んでいるようだった。

「入団と寮の件なんですが、ご承諾いただけますでしょうか？」

『……ええ』

（な、なんか、心なしか涙声《なみだごえ》なような……）

「あの、大丈夫ですか……？　もし、ご心配なら――」

『いえ、すみません。生まれてこの方わがままを言ったことのなかったあの子から、こんなに強くお願いされたのは初めてで――』

それきり椋の父が言葉を詰まらせる。

(感極《かんきわ》まっちゃったんだ……!)

「……そうでしたか。椋くんのやる気は十分わかりましたので、私もこれから、しっかりサポートと指導をしていきたいと思います」

『椋をよろしくお願いします』

息子《むすこ》の新たな門出《かどで》に対する不安や期待、様々な感情が入り混じった声で、椋の父がそう告げる。

「こちらこそ、よろしくお願いします」

いづみは椋の父の気持ちを受け取ったかのように、力強く答えた。

(いい親御さんだなあ。椋くんのお父さんって感じがする)

いづみは電話を切りながら、しみじみとそんなことを感じた。

「はい、これで椋くんも無事に寮生活スタートできるね」

そう言いながらスマホを返すと、椋がぱっと顔を輝かせる。

「はい! よろしくお願いします!」

「入寮は一応来週の土曜日ってことでどうかな。引越《ひっこ》しの都合もあるだろうから、多少の前後は構わないけど。土曜日の午後から稽古を始めるね」

「ポンコツ役者も寮に入るのか……」

いづみの説明を受けながら、幸がぼそっとつぶやく。

「なんか文句あるのかよ？」

「べっつに～。『共同生活』『団体行動』って言葉、知ってるのかなと思っただけ」

「何!?」

またケンカになりそうになったところで、椋が慌てて口を挟む。

「瑠璃川くん、よろしくね！」

「よろしく」

「ゆっきー、同室になろうよ！」

「ムリ」

「その冷たいとこもかわいーね！」

幸の素っ気ない態度にも、一成はまったくめげる様子がない。天馬と幸の組み合わせとはまた違った意味で、嚙《か》み合《あ》わなそうな二人だった。

（夏組は部屋割りが大変そうだ……！）

いづみは思わずこれから始まる夏組の新生活に一抹《いちまつ》の不安を抱《いだ》いてしまった。

「イエー。今日からここがオレの家──っと」

一成の掲《かか》げたスマホから電子的なシャッター音が響く。

「お、ちょっぱやで、500ええな！　ついた！」

「一成くん、何してるの？」

ＭＡＮＫＡＩ寮に案内するなりスマホを操作し始めた一成に、いづみがたずねる。

「インステにここの写真投稿《とうこう》してたっす」

（インステって、写真を投稿して共有するＳＮＳだっけ。さすが、そういうのには強いんだな）

劇団の公式サイトのＷＥＢデザインを難なくこなしていたことを思い返しながら、いづみはそんなことを考える。

「寮ってこんなに広いんだね」

椋がぽかんと口を開けたまま、建物を仰《あお》ぎ見た。

十三の居室に二つのレッスン室、大きな談話室と大浴場を兼《か》ね備《そな》えた二階建ての寮は、かなりの大きさがある。エントランスのすぐ上には広いバルコニーがあり、欧風邸宅《おうふうていたく》のようなたたずまいだ。

「まあ、二十人は住めるみたいだし」

「……オレの家より狭《せま》い」

何度か訪れたことのある幸が椋に告げると、天馬が小さくつぶやいた。

「ええ!?　そんなに広いの!?」

椋が驚きの声をあげる。

「スタジオにでも住み着いてんじゃない」

「なんでだよ!?」

幸のバカにしたような言葉に、天馬が声を荒らげる。

「はい、みんな、部屋割りするから集まって」

いづみは寮の中に夏組のメンバーを招き入れると、そう声をかけた。

「寮は基本的に二人部屋になってて、三部屋を分けて使ってもらうことになるんだけど……」

「オレは一人部屋以外ありえない」

いづみの話を聞くなり、天馬が両腕を組んで言い放つ。

「二人部屋っつったでしょ。耳遠いわけ?」

「ああ?」

刺々《とげとげ》しく幸が告げて天馬が眉をひそめる横で、一成が椋に手を振った。

「ゆっきーには断られたし、むっくん同室しよ〜！」

「え？　ボク？　ボクで良ければ、いいよ」

「やたー！　今日からルムメ！」

「よろしくね」

握手《あくしゅ》を求める一成の手を、椋が微笑みながら握《にぎ》り返す。

「じゃあ、二人は202号室を使ってくれる？」

「ういうい」

「わかりました」

一成と椋がうなずき、あっさりと半分の部屋割が決まる。

「さすがコミュ力高男……手が早い」

その様子を見ていた幸が、感心とあきれが入り混じったような口調でつぶやいた。

「じゃ、あとの二部屋をそれぞれ一人で使うってことでいいよな」

「うん。あとで一人増えたら、また相談するけど、今は一人部屋でいいよ」

天馬の有無《うむ》を言わさぬ口調に、いづみもすんなり了承《りょうしょう》する。

「オレ、203号室」

「なんで勝手に決めてんの」

相談もなしに言い切る天馬に、幸が眉をひそめる。

「幸くんは201号室でいい？」

いづみが気遣《きづか》うようにたずねると、幸は不承不承といった様子でうなずいた。

「別にいいけど……」

「だったら文句言うな」

「お前が言うな！」

あくまでもふてぶてしい天馬に、幸が突っ込む。

「203号室……ですか」

不意に背後から低いつぶやきが聞こえてきて、いづみの体がびくっと跳ねる。

振り返れば、どこかどんよりとした表情で支配人が立っていた。

「支配人、突然背後から現れないでください！」

「すみません……それよりも、203号室は、まずいですね……」

天然パーマの長めの前髪《まえがみ》とぶ厚い眼鏡《めがね》に隠された目が怪《あや》しく光る。

「まずいってどういうことですか？」

支配人の声につられるように、いづみも声を潜《ひそ》める。

「実は……MANKAIカンパニーには、劇団七不思議というものがありまして……」

「七不思議……？」

「時折、誰もいないはずの203号室から、謎《なぞ》の声が聞こえてくるという……」

「え……？」

いづみはことさらゆっくりと話す支配人の声と共に、周囲の温度が一度下がったように感じた。

「私もこわくて近寄らないようにしていたので、掃除《そうじ》は一切《いっさい》してません……」

「それも別の意味で開けるのがこわいです！　なんでそんな重要なこと、早く言わないんですか！」

この寮から初代MANKAIカンパニーの団員たちが去ってから、かなりの時が経《た》っている。それだけ長い間掃除もされずに放置されていたとあれば、その惨状《さんじょう》は想像に難《かた》くない。

「二日酔《ふつかよ》いで……今ようやく起きてきまして……」

支配人は頭痛がするのか、胡乱《うろん》な目つきで頭を押さえている。

「それで、ムダにおどろおどろしいんだ」

あきれたようにつぶやく幸に、天馬がどこか焦《あせ》ったように声をかけた。

「おい、部屋代われ瑠璃川……」

「はあ？　まさか怖いの？」

「そんなこと言ってないだろ！」

声を荒らげる姿は、過剰《かじょう》に反応しているようにも見える。

「自分で203号室がいいって言ったんでしょ」

「気が変わった」

「はい、却下《きやっか》」

「なんだと!?　お前、オレの方が先輩《せんぱい》なんだからな」

「だから？」

「年上を敬《うやま》え！」

「一番年上の一成が二人部屋になってんじゃん」

天馬の言葉を受けて、幸が顎で一成を指し示す。

「あ、オレえらい？　大人って感じ？　ゆっきーほめて」

「はいはい」

「じゃあ、オレを敬え！」

「ふざけんな」

「なんだと!?」

なりふり構わない様相を呈《てい》してきた天馬の言葉を、幸が一刀両断で切り捨てる。

「お、落ち着いて」

椋はおろおろした表情で二人の間に割って入った。

「とりあえずみんなで203号室を見に行ってみようよ。何も異常ないかもしれないし」

いづみが取りなすようにそう告げると、天馬はしばらく考え込んだ後にうなずいた。

「……わかった。でも、これで変な声が聞こえたら、絶対203号室は使わないからな！」

「どんだけわがままなんだよ」

「うるさい！」

幸がため息交じりにつぶやくと、天馬はまた声を荒らげた。


それから、いづみの先導で一行は203号室へと向かった。

いづみと幸がドアに耳をつけて、中の様子をうかがう。

「何か聞こえる？」

「うーん、何も」

幸が首を横に振った瞬間、微かな声が聞こえてきた。

「……かく」

「しっ」

天馬が口に人差し指を当てる。

「……かーく」

静まり返った辺りに、さっきよりもはっきりと声が響いてくる。

「聞こえた！」

「聞こえました！」

天馬と椋が同時に声をあげ、いづみもうなずいた。

「いわくつき部屋来た！　写真撮《と》ってインステあげよっと！」

一成がうきうきとスマホを構えようとすると、天馬が慌てたようにそれを止める。

「やめろ！　何か写ったらどうするんだ！」

「すごいびびってんじゃん」

「うるさい！」

天馬は必死の形相を幸にからかわれ反論するが、その声にはいつもよりも覇気《はき》がない。

「ま、まあ、幽霊《ゆうれい》とは限らないし」

いづみがみんなを落ち着かせようとすると、幸が首をかしげる。

「じゃあ、不審者《ふしんしゃ》？」

「そっちもこわいですね……」

支配人がつばを飲み込む音がやけに響く。

「……開けてみましょうか」

いづみはしばらくドアをじっと見つめて考えた後、そう告げた。

「ええ!?　で、でも、もうずっと開かずの間ですし……」

支配人が焦ったように答える。

「このままだと、使えませんし。きちんと確かめないと」

「でも、危ないですよ！　もし不審者だったら――」

「これだけ人数がいれば、大丈夫《だいじょうぶ》ですって」

いづみがそう言いながらドアノブに手をかけようとすると、幸がそれを止めた。

「女の人より男の人が行った方がいいんじゃない」

「男の人っていうと……」

いづみの視線が支配人の方に向けられる。この場で男の人といえる年齢の人物は、支配人一人だけだ。

「わ、わかりました……私がなんとかします。ちょっと待っててください」

支配人は意を決したようにうなずくと、踵《きびす》を返してどこかへと足早に去っていった。

（支配人、意外と頼《たよ》りになる……！）

いづみは少し見直しながら、支配人が戻ってくるのを待った。

「お待たせしました。監督の二十四時間監視《かんし》セキュリティ、碓氷《うすい》くんを連れてきました」

ややあって、堂々と現れた支配人の後ろから、真澄が顔を覗《のぞ》かせる。

「……何？」

（やっぱり支配人は支配人だ……）

事情を知らされていないらしい真澄は、不思議そうにいづみの顔を見つめている。

「何してんの？」

「この部屋の中から、変な声が聞こえるから、中を確認《かくにん》しようと思ってたんだけど……」

いづみがそこまで説明すると、真澄はいづみを下がらせ、自分がドアの前に立った。

「……俺が開ける。アンタは下がってて」

「気をつけてね」

真澄はいづみにうなずいてみせると、ドアノブをゆっくりと回した。

「おにぎりって神秘～！」

ドアを開けた瞬間、間延びした声が飛び出してきた。

真澄も、その後ろにいたいづみも一瞬身を硬くする。

「ぎゃあああああ！」

ひときわ大きな叫《さけ》び声《ごえ》と共に、天馬が隣《となり》にいた幸にしがみついた。

「――ちょっ」

部屋の中から聞こえてきた声よりも、天馬の勢いに驚いたように幸が眉をひそめる。

「マジ幽霊、キタ⁉」

すかさずスマホのシャッター音を響かせる一成の横で、椋が青ざめた表情でぎゅっと目をつむった。

「ひ、ひええ！　お、おにぎりオバケ！　ああボクが五歳《さい》の頃《ころ》に残した一粒《ひとつぶ》のご飯粒が成仏《じょうぶつ》できずにオバケになって、ボクをツナ缶と混ぜて具にしようと……！」

（何の話……!?）

うわごとのような椋のつぶやきに、いづみは驚きと戸惑いで動けないながらも内心突っ込んでしまう。

「お、おお、おい、誰か早く除霊《じょれい》しろ……！」

「うざい！　抱きつくな！」

へっぴり腰《ごし》で幸にしがみついたまま後ずさりしようとする天馬の手を、幸が叩《はた》き落とす。

「みんな、さんかくほしいの～？」

声の主はパーカーを着た青年だった。おにぎりを片手に握り締めたまま、突然ドアの前で騒《さわ》ぎだした面々をぽかんとした表情で見つめている。

「しゃ、しゃべった……！」

青年の言動にいちいち衝撃《しょうげき》を受けているいづみの脇《わき》をすり抜けて、一成がぴょこんと部屋の中に入る。

「……おにーさん、どなた～？」

「オレ？　斑鳩三角《いかるがみすみ》～」

「一成くん、何普通に話しかけて――って、人間？」

いづみがまじまじと三角と名乗った青年を見つめる。

年齢は大学生くらいだろうか。長めの前髪を斜《なな》めに流し、少し垂れた優しげな目元のホクロが印象的だ。不審な目で見られても、一向に気にしていないのか、にこにこと微笑みを絶やさない。

「不審者」

真澄は警戒《けいかい》を解かずに、いづみをかばうように片手を挙げる。

「ま、まあ、それには間違いないけど……おにぎり食べてるし、幽霊ではないみたいだね」

「私物が散乱してる」

真澄の言葉につられて、改めていづみはごちゃごちゃとした室内を見回す。

（この飾《かざ》り具合……私物を持ち込んだってレベルじゃない！）

部屋の中には、至るところに三角形のオブジェが置かれていた。天上からは三角の布のようなものが吊《つ》るされ、床には三角の棚《たな》に始まり三角の木片《もくへん》、石、いくつものメトロノームや三角形のクッションが転がっている。大小さまざまな三角形が雑多に転がっているが、三角という形で揃えられているせいで、妙に統一感がある。

「ゴミ？」

木片や石を見下ろして、幸がつぶやく。

「ゴミじゃないよ〜。オレの宝物！」

三角がぷうっと頬《ほお》を膨《ふく》らませると、そののんびりした話し方もあって、やけに幼く見える。

「……キミ、いつからここに住んでたの？」

いづみがたずねると、三角はかくんと首をかしげて考え始めた。

「んー……と、劇場でなんか始まる前？」

「ロミジュリ公演始まる前!?　数週間前からずっと!?」

「全然気づきませんでした……」

いづみに続き、支配人も驚いている。

「セキュリティ大丈夫かな」

「戸締《とじ》まりは万全《ばんぜん》です！」

幸がぼそっとつぶやくと、支配人が自信満々に胸を叩く。

「この部屋には近寄らなかったんでしょ」

「あ……」

幸の突っ込みに支配人が思わず言葉を失《な》くした時、三角が口を挟《はさ》んだ。

「窓、開いてたから、入れたよ～」

のんびりとした口調で、窓を指差す。

「ここ二階だけど」

「登ってきたってこと……!?」

真澄に続いて、いづみがぎょっとしたように目を見開く。

「と、とにかく、不法侵入《しんにゅう》です！　おまわりさんに通報しますよ！」

支配人が威勢《いせい》良く声を張りあげる。

「真澄くんの陰《かげ》に隠れながら言うことじゃないです！」

あくまで真澄の背中に隠れたままの支配人の姿を見て、いづみが思わず突っ込んだ。

「捕《つか》まえる？」

真澄がいづみを振り返ってそうたずねた瞬間、三角がぱっと飛び退《すさ》った。

「あ！　このおにぎりはダメ!!　オレのだよ！」

おにぎりを取られると勘違《かんちが》いしたのか、三角はそう言いながら、するりといづみたちの間をすり抜け廊下《ろうか》に飛び出す。

あっという間に奥《おく》の階段にたどり着いたかと思うと、手すりに手をかけ、そこを支点にくるりと体を回転させ壁《かべ》に足をつけた。そのまま壁を駆《か》け下りるようにして階段を一息に飛び降《お》りる。

「すげー！　壁走ってる！」

「なんて身体《しんたい》能力だ……」

三角の軽業《かるわざ》を目《ま》の当《あ》たりにした一成が歓声をあげ、天馬が呆然《ぼうぜん》とつぶやく。

「ま、待ちなさい！　寮の廊下、いや壁も走ってはいけません！」

「そこ!?」

支配人の指摘《してき》に思わず反応してしまいながらも、いづみは慌てて三角の消えた方へと足を踏《ふ》み出す。

「追いかける？」

「うん！」

真澄にいづみがうなずいてみせると、真澄もいづみに先んじて駆け出した。

（っていっても、足が早すぎて、追いつけない――）

三角は廊下を駆け抜け玄関《げんかん》前の階段を一気に上がったかと思うと、ぴたっと動きを止めた。

「……むむ、いいにおい！」

そうつぶやいた直後、くるりと体を反転し、手すりに足を乗せて一気に下まで滑《すべ》り落ちる。

（手すりを滑り降りた!?　身軽すぎる……！）

唖然とするいづみたちの前をすり抜け、三角は談話室の中へと消えていった。

「ふんふんふーん。今日のお昼はワタシが握ったおにぎりネ～」

談話室ではお盆《ぼん》におにぎりを載《の》せたシトロンが、鼻歌交じりにキッチンからダイニングテーブルの方へと歩いてくるところだった。

「……おにぎり！」

と、不意に一陣《いちじん》の風のようなものが吹《ふ》いて、シトロンの持っていたお盆の上からおにぎりが一つ消える。

「ワタシのおにぎりどこネ!?」

きょろきょろと辺りを見回すと、いつの間に現れたのか、三角がソファの上にしゃがみ込んでおにぎりを頬張《ほおば》っていた。

「もぐもぐ……おいしい～」

「キミ、誰ダヨ？」

「もぐもぐ……オレ、三角～」

おにぎりで頬を膨らませながら三角が答えた瞬間、談話室のドアが開いた。

真澄やいづみに続いて夏組のメンバーが駆け込んでくる。

「はあ、はあ、やっと追いついた……」

「も、もう逃《に》げられませんよ！」

息を上げているいづみの後ろから、支配人の声が飛んでくる。

「背中にくっつくな」

真澄は相変わらず自分の背中に隠れたままの支配人を嫌そうに振り払った。

「三角くん、どうして寮に住んでたの？」

息を整えたいづみが、あっという間におにぎりを食べ終えた三角にたずねる。

「行くところがないから～」

三角は満腹になったのか、お腹《なか》をさすりながらふにゃっと笑った。いづみはそんな三角の顔を見つめてじっと考え込む。

「さ、じゃあ、おまわりさんに電話して――」

支配人がそう言いかけた時、いづみが遮った。

「三角くん、お芝居に興味ってある？」

「ええ⁉」

「アンタ、正気？」

支配人の驚きの声に続いて、幸があきれたようにたずねる。

「ありえねぇ！」

「こんなの拾う気？」

天馬も真澄も信じられないといった表情だった。

いづみはそんな反応を気にすることもなく、さっきまで走り回っていた三角の姿を思い返していた。

（さっきの身体能力は、貴重だ。コアがしっかりしてるから、あんなに危なげなく色んな体勢がとれるんだ。あれならきっと、芝居にいかせる。アクロバット要素も入れられるし、夏組の舞台の幅が広がる！）

いづみがそう考えながら三角の返事を待っていると、三角はわずかに首をかしげた。

「お芝居〜？」

「やってみない？　そうしたら、あの部屋に住んでていいから」

いづみが言《い》い募《つの》ると、三角がまた反対側に首を傾《かたむ》ける。

「おにぎり食べられる？」

「うん。朝と晩」

いづみがそう言い切ると、三角の顔がぱっと輝いた。

「じゃあ、やる！」

「よし、決まり」

にっこり笑ういづみを見て、幸と天馬がげんなりした顔をした。

「どうなっても知らないからね」

「こんなのと一緒に芝居やるのか……」

一方の一成はまったく心配する様子はなく、三角に手を振る。

「よくわかんないけど、おもしろそー！　すみー、よろ！」

「よ、よろしくお願いします」

一成に続いて、椋も戸惑いがちに頭を下げた。

「……アンタ、相変わらず節操《せっそう》がない」

「人聞きが悪い！」

ため息をつく真澄に、いづみが突っ込みを入れる。

「オー夏組血栓《けっせん》ネ！」

「結成、ね。そう、これで五人そろったよ！」

シトロンの言い間違いを正しながらも、いづみが声を明るくする。

「で、部屋割りはどうするの？」

「天馬くんと三角くんが一緒に２０３号室かな？」

幸の問いかけに、いづみが答えると、天馬の眉がピクリと上がった。

「ね～。おにぎり、もういっこ食べていい～？」

「夏組のお祝いネ。てってけドロボーダヨ」

「わ～い！　さんかく、さんかく～！」

三角とシトロンのやり取りを半目でじっと見つめていた天馬が、幸に小さく声をかける。

「……おい、瑠璃川、お前と同室でガマンしてやる」

「はあ？　別にガマンして、同室になってくれなくてもいいんだけど？」

幸は心底嫌そうに顔をしかめた。

「うるさい！　オレは２０１号室で寝《ね》るからな！」

「勝手に決めるな」

強制的に部屋に居座《いすわ》るつもりか、言うなり談話室を出ていく天馬を幸が苛立ったように追いかける。

（一番心配な同室ペアだ……）

いづみは天馬と幸の姿を見送りながら、ぼんやりとそんなことを考えた。

第2章 全員主役!?

オーディションの翌週の土曜日、予定通り新生夏組《なつぐみ》の稽古《けいこ》が始まった。

「はい！　それでは、これから夏組の初稽古を始めたいと思います！　未経験者がほとんどだから、レクリエーションの意味もこめたエチュード練習から始めるね」

体を動かしやすい稽古着で集合した夏組のメンバーに、いづみがそう声をかける。

「エチュードって何？」

「そんなことも知らないのかよ」

幸《ゆき》が首をかしげると、バカにしたように天馬《てんま》が鼻を鳴らす。いづみはすかさず天馬《てんま》に手のひらを差し出した。

「はい、天馬くん、説明どうぞ」

「……エチュードってのは即興劇《そっきょうげき》のことだ。台本を用意せずに、役者がその場でアドリブで演じる……って、なんでオレが説明してやらなきゃいけないんだ！」

（といいつつ、ちゃんと説明してるところがえらい……）

すらすらと説明した後で憤慨《ふんがい》している天馬を見ながら、いづみは内心感心してしまう。

「そういうことなので、二人組で掛《か》け合いをやってもらうね。時間は五分間。設定も決めないので、二人で作り上げて」

天馬に続けてそう説明すると、最初の組を発表した。

「まずは、幸くんと椋《むく》くん」

「はーい」

「は、はい！」

指名された幸が前に歩み出ると、椋も続いておずおずと前に出る。

「それでは、スタート！」

いづみが開始を知らせたが、二人はなかなか動きださない。

（初めてだし、戸惑《とまど》ってるな）

「なんでも好きにやっていいよ。まずは芝居《しばい》に慣れるところからだから」

いづみがそう声をかけると、ようやく幸が口を開いた。

『……最近どう？』

「え、え!?　さ、最近？」

水を向けられた椋が慌《あわ》てたように返事をする。

『なんか～面白《おもしろ》いことない？　最近学校つまんないし、アタシ、ヒマなんだよね～』

幸はけだるげにそう言いながら、ショートヘアの毛先を持って、枝毛を探すような仕草を始めた。

（女子高生だ……！）

一瞬《いっしゅん》にして稽古着として着ている学校指定の運動着が、女子高生の制服に見えてくる。

「ゆっきーの女子高生、違和感《いわかん》ねえ……」

一成《かずなり》も感心したようにつぶやいた。

『ボ、私も、ヒマだよ。どこか、遊びに行く？』

『あ、いいね。カラオケ行こっか』

椋も幸の意図《いと》を察して、女の子らしくその場でぴょこんと飛《と》び跳《は》ねてみせる。

（女子高生の日常会話か。二人ともかわいい顔してるし、はまってるな）

いづみが微笑《ほほえ》ましく見つめる先で、幸と椋は放課後の女子高生の会話を繰《く》り広《ひろ》げていった。

（そろそろ、五分かな。会話も途切《とぎ》れないし、最初としてはまあまあイイ感じ）

いづみは時計を確認《かくにん》すると、手を打った。

「――はい、そこまで！」

幸と椋が動きを止めて、ほっとしたように息をつく。

「あんなの、ただの素《す》だろ。一人称《いちにんしょう》変えただけ」

「まずは慣れるところからだから、十分だよ。次は、一成くんと三角《みすみ》くん」

小さく鼻を鳴らす天馬を軽くいなして、いづみが次のペアを発表する。

「うい」

「さんかくー？」

幸と椋と入れ替わりで、一成と三角が軽い足取りで前に出た。

（三角くん、大丈夫《だいじょうぶ》かな……）

さっきのエチュードの説明を理解しているのかいないのか、三角は窓の外をぼーっと眺《なが》めている。いづみはわずかに不安を覚えながらも、開始の合図をした。

「それじゃあ、スタート」

「んーっと、どうしよ……」

悩《なや》み始める一成の隣《となり》で、三角は相変わらずぼーっと窓の外を見つめている。

（一成くん、どう始めるか迷ってるな。三角くんは……何を考えてるのかよくわかんない）

「あ、そーだ！」

いづみがじっと成り行きを見守っていると、一成が不意に声をあげた。

『やっべー！　早く撮影《さつえい》行かなきゃ。今日は雑誌のインタビューにTVの収録もあるし……』

一成がスマホを確認しながら、慌ただしく動き始める。

（なるほど。タレントになったんだ。三角くんは……）

と、いづみが三角に目を向けると、三角は少し離《はな》れたところから、一成に向かって手招きした。

『こっち、こっち！　タクシー呼んどいたから、早く乗って！』

左手は何かを押さえるような仕草をしている。おそらく車のドアだろう。

（え……？）

さっきまでとは打って変わった三角の口調や表情を目の当《まあ》たりにして、いづみがぽかんと口を開ける。

「え？　あ、タクシー？」

一成も戸惑ったように首をかしげた。

『だから、事務所でスケジュール確認しといてって言ったのに。朝も電話したけど、起きなかったでしょ～』

一成の反応を気にする様子もなく、三角がせわしなく話を続ける。

『あ、ああ、ごめん！』

一成も気を取り直したように、三角に促《うなが》されるまま見えないタクシーに乗り込んだ。

（マネージャーだ……！　ちゃんと一成くんの芝居を受けてる。もしかして経験者なのかな……。うまく三角くんが一成くんをフォローしてる）

一成のぎこちなさが残る演技を三角が拾って広げていく。タクシーの中でタレントとマネージャーのやり取りが違和感なく繰り広げられていった。

「……はい、そこまで！」

五分経《た》ったのを確認して、いづみが終了《しゅうりょう》の合図をした。

「斑鳩《いかるが》ってあの変人……」

「こなれてるね」

天馬と幸が意外そうにつぶやく。

（一成くんは幸くんや椋くんと同じように初心者だし、ぎこちなさがあるけど、三角くんは違《ちが》う。思ったよりも、期待できるかも……）

感心するいづみの心中を知ってか知らずか、三角は元のぼーっとした表情に戻《もど》って、また窓の外を眺めている。

「それじゃあ、次は天馬くんと……もう一度三角くんお願い」

いづみが再び三角を指名すると、三角はふにゃりと微笑んでうなずいた。

「いいよ～」

天馬が一成と入れ替わって、前に立つ。

「スタート！」

いづみの合図で、稽古場に静寂《せいじゃく》がおとずれた。天馬と三角の視線が交差する。

（お互《たが》いに出方をうかがってる感じ……）

いづみたちが見守る中、最初に動いたのは天馬だった。

『……何？』

やや刺《とげ》のある言い方で、三角にたずねる。

『何って、何が？　見てただけだけど』

三角も天馬の感情を受けて、どこか苛立《いらだ》ったような表情を浮《う》かべた。このやり取りだけで、その後の不穏《ふおん》な空気を予感させる。

『文句があるなら言えばいいだろ』

『言いがかりはやめろ……お前はいつもそうだよな』

ため息交じりの三角の言葉に、天馬が眉《まゆ》をひそめる。

『どういう意味だよ』

『弟のくせにいつもつっかかってくる』

『弟？　いまさら兄貴面《あにきづら》か。ろくに帰っても来ないくせに』

唐突《とうとつ》に出てきた設定にうろたえることなく、天馬が返す。

（不仲の兄弟……最初の緊張感《きんちょうかん》をうまく利用してる）

さすがに天馬は経験者だけあって、一成たちのエチュードとは質が違っていた。

『偉《えら》そうにするな！　親父《おやじ》の病気のことも、知らないくせに！』

天馬が挑《いど》むようにそう投げかける。激しい芝居だ。

『親父の病気……？　なんだよ、それ？』

うろたえたように三角が顔をしかめる。

『……お前には関係ない』

『関係ないわけないだろ！　どういうことだよ!?』

動揺《どうよう》から苛立ち、怒《いか》りを爆発《ばくはつ》させる。天馬の激しい感情を受けての自然な流れだった。

天馬も三角の芝居を受けて、鋭《するど》くにらみ返す。その強く握《にぎ》られた拳《こぶし》は小刻みに震《ふる》え、今にも殴《なぐ》り合いに発展しそうな張りつめた緊張がその場に流れた。

(天馬くんが三角くんの出方を見ながら、ちゃんと展開させてる。こういうところは、さすがだな)

固唾《かたず》をのんで見守る中、三角が詰《つ》めていた息を吐《は》いて空気を一変させた。

『……悪かったよ。親父の病院、教えてくれ』

すっかり意気消沈《いきしょうちん》した様子で、その表情には不安と心配が色濃《いろこ》く表れている。

『……車出すよ』

天馬が拳を下ろすと、踵《きびす》を返す。まだその表情に怒りは残っていたが、和解の意思が感じられた。

『悪いな……』

弱々しく三角が礼を言い、二人が連れ立って上手《かみて》の方へ去っていく。

「――はい、そこまで」

いづみがはっとしたように時計を確認し、そう声をかけた。

(不和から和解の解決部分まで、きっちり五分……起承転結《きしょうてんけつ》ができてる)

すっかり元の偉そうな表情に戻った天馬と、ぼーっとした表情の三角が歩いてくるのを、いづみが感嘆《かんたん》の思いで見つめる。

「さすが天馬くん――」

素直《すなお》にほめると、天馬は両腕《りょううで》を組んで軽く顎《あご》を上げた。

「ふん、わかったか？　エチュードっていうのはこういうことをいうんだよ。お前らはただ、口から出まかせ言ってるだけだ」

「いちいち、いちゃもんつけないと気が済まないの？　そんな風に根性《こんじょう》がねじ曲がってるからポンコツって言われるんだよ」

「本当のこと言っただけだろうが！」

うんざりした表情の幸に、天馬が目を吊《つ》り上げる。

(こういうところが、ほめられないんだよね……チームワークとはほど遠いな)

「はいはい、二人とも。そこまで」

苦笑いを浮かべながら、いづみは二人をなだめた。

「そういえば、リーダーを決めないといけないね」

いづみが思い出したようにそう続けると、天馬が真っ先に口を開いた。

「それなら、もう決まってるだろ。このメンツで、オレ以外に務まるとは思わない」

「はあ？　そんなに面の皮が厚いと、皮膚呼吸《ひふこきゅう》できないんじゃない？」

「どういう意味だ！」

収まりかけた天馬と幸の口論がすぐに再燃する。

「アンタにリーダーなんて務まるわけないだろ、ポンコツ役者」

「なんだと!?」

「あ、じゃあ、オレがダーリーやっちゃおっかな～」

にらみ合う天馬と幸を前に、一成がひらりと手を挙げる。

「「それはない」」

見事なまでに二人の声がハモった。

「ええ～」

一成が傷ついた様子もなくへらへらと笑うと、三角も口を開いた。

「オレ、だれでもいいよ～」

「椋くんはどう思う？」

唯一《ゆいいつ》何も発言していない椋に、いづみが水を向ける。

「え!?　え、ええっと……」

椋は焦《あせ》ったようにおろおろと辺りを見回した後、考え考え口を開いた。

「演技の経験は、この中で天馬くんが一番あるので……周りのメンバーに演技指導ができる天馬くんが適任だと思います」

椋がか細い声でそう告げると、幸が顔をしかめる。

「本気？　演技『だけ』だよ？」

「だけってなんだ、だけって！」

「そのままの意味だけど？」

再び口論を始める幸と天馬の間にいづみが割って入る。

「はいはい、そこまで！　椋くんの意見も一理あるので、リーダーは天馬くんに任せます」

「当然だ」

「えー」

いづみの言葉に大仰《おおぎょう》にうなずく天馬と、不満の声を漏《も》らす幸。

「ただし、天馬くんはリーダーにふさわしい行動をとるように心がけてね」

いづみが釘《くぎ》を刺《さ》すようにそう告げると、天馬は軽く鼻を鳴らした。

「言われるまでもない。オレは生まれついてのリーダーといってもいいくらいの――」

「そういうところを直せって言われてるんだよ」

天馬の言葉を遮《さえぎ》るように、幸が口を挟む。

「何？　お前にそんなことを言われる筋合いはない！」

飽《あ》きもせず口論を再開する二人の姿を見ながら、いづみは内心小さくため息をついた。

（リーダーになることで、チームワークの大切さを学んでくれるといいんだけど……）

「だからポンコツだって言ってんの」

「オレのどこがどうポンコツだ！」

「総合的に」

「なんだと!?」

（前途多難《ぜんとたなん》だなあ……あ、これ、春組《はるぐみ》の時も思った気がする）

いづみはつい二カ月前の気持ちをまざまざと思い出していた。


「えーと、みんな集まってるかな」

翌朝、いづみは稽古場をぐるりと見回して、集まったメンバーを確認した。

「揃《そろ》ってる。始められるぞ」

天馬の言う通り、夏組のメンバー五人はきちんと揃っている。加えて、めずらしく支配人もその場に同席していた。

　それでも、いづみは天馬に首を横に振《ふ》ってみせると、ドアの方へ視線を向けた。

「ううん、あともう一人──」

「初代夏組の資料も探しといた方がいいですかね」

「あ、そうですね。よろしくお願いします」

　いづみがドアの方を見たまま支配人の言葉に答えると、タイミングよくドアが開いた。

「しつれーしまーす。もう始まってます？」

　ひょこっと顔を覗《のぞ》かせた綴《つづる》を見て、いづみが軽く手を挙げる。

「あ、綴くん、ちょうど良かった。入って、入って」

「うぃーっす」

「お、つづるんじゃん！」

「よろっす」

　一成が声をかけると、綴は小さく頭を下げて輪の中に入った。

「それでは、これから夏組旗揚《はたあ》げ公演の演目を決めたいと思います。意見のある方はどうぞ」

　いづみがそう投げかけると、幸が小さく首をかしげた。

「春組はどうやって決めたの？」

「初代春組のテイストを踏襲《とうしゅう》した」

幸の問いかけに、綴が答える。

「じゃあ、夏組も同じようにしたらどうでしょう……？」

「いいんじゃね？」

椋の提案に一成が軽い調子で同意すると、三角がはーい、と元気よく手を挙げた。

「夏組って何～？」

「いまさら、そこか!?」

天馬があきれ交じりに突っ込むが、一成はにこにこしながら説明を始めた。

「夏組っていうのは、オレらの組のこと。ここの劇団は、春組、夏組、秋組《あきぐみ》、冬組《ふゆぐみ》に分かれてんだってさ～」

「そうなんだ～」

「ざっくりしすぎだろ」

「意外と面倒見《めんどうみ》がいい。さすがコミュ力高男《りょくたかお》」

一成の説明に文句をつける天馬をよそに、幸がぼそっとつぶやいた。

「だって、すみーとオレ、友達だもんね！」

一成が三角と肩《かた》を組むと、三角が不思議そうに首をひねる。

「ともだち？」

「そ、そ」

一成がこくこくとうなずくと、三角の顔がぱっと輝《かがや》く。

「えへへ！　かずとともだち！」

三角は心底うれしそうににっこり笑うと、一成を真似《まね》て肩を組んだ。

「で、初代夏組はどんなテイストだったんだ」

天馬の問いかけを受けて、支配人が口を開く。

「初代夏組はですね～、コミックリリーフが得意な役者が多くて、賑《にぎ》やかなコメディ劇中心に人気を誇《ほこ》りました！　夏組の能天気なコメディで笑わないと、夏が来たって感じがしないって有名だったんですよ～」

在りし日の劇団の姿を懐《なつ》かしむように、支配人が丸い眼鏡《めがね》の奥《おく》の目を細める。

「能天気なコメディ……？」

ぴくりと天馬の眉が上がったのを、幸が目ざとく見つける。

「はい、また文句きた」

「まだ何も言ってないだろ！」

「じゃあ、何？」

「コメディはオレのカラーにそぐわない」

天馬は両腕を組むと、そう言い放った。

「やっぱり文句じゃん。大体、そんな能天気な頭の色してるくせに、何言ってんの？」

「これのどこが能天気だ！」

幸に髪を指差されて、天馬が口をとがらせる。

（うーん、私も初代夏組の伝統を活《い》かした方がいいと思うけど……。天馬くんは諭《さと》すよりも、うまくのせた方が効果的かな？）

天馬がまったく気乗りしない様子なのを見て、いづみは切り出し方を考えた。

「……泣かせる演技より、笑わせる演技の方が難しいんだよね。そういう意味では、今回は避《さ》けても――」

思案気《しあんげ》ないづみの言葉を遮るように、天馬が口を開く。

「芸の幅《はば》を広げるという意味では、いいか……泣きの演技は極《きわ》めたからな」

あっさりと手のひらを返した天馬を見て、いづみは内心ガッツポーズをした。

「それじゃあ、初代夏組と同じようにコメディ路線でいこう！」

その様子を見ていた幸が小さく噴《ふ》きだす。

「まんまと操縦されてやんの」

さいわいなことに、幸のつぶやきは天馬の耳には届かなかったのか、反論はなかった。

「綴くんからは、何かある？」

いづみが綴に水を向ける。

「あー、今回も当て書きするつもりなんで、主役と準主役は決めてほしいっすね」

「主役か。それじゃあ、誰《だれ》か立候補する人は――」

いづみが夏組のメンバーを見回した途端《とたん》、全員が一斉《いっせい》に動いた。

「当然、主役はオレだろ」

「はい」

自信満々で自らを示す天馬の横で、幸が小さく手を挙げる。

「はいはいはいはいはい」

「や、やりたいです」

「主役やる～」

一成が勢い良く手を挙げてアピールしたかと思えば、椋もおずおずと手を挙げ、三角も両手を頭上に掲《かか》げてゆらゆら揺《ゆ》らした。

「まさかの全員……」

予想外の展開に、いづみは呆気《あっけ》にとられてしまう。

「おいお前ら、その実力で本気でオレに張り合おうって考えてんのか!?」

天馬が冗談《じょうだん》だろうと言わんばかりにたずねると、一成は笑顔《えがお》のままあっさりうなずいた。

「トモダチいっぱい呼ぶし、やっぱ目立ちたいし！」

「どうせやるなら、主役でしょ。衣装《いしょう》も派手なの作って着られるし」

「ボク、漫画《まんが》の主人公に憧《あこが》れていて……主役ならボクもヒーローになれるかなって……」

一成に続いて、幸と椋が主役に志願した理由を話す。

「オレ、さんかくの役やる！　さんかくはもちろん主役！」

「うん、サンカクの役はたぶん間違《まちが》いないけどね？」

三角の宣言には、綴が穏《おだ》やかな笑みを浮かべながら首を横に振った。

「ふざけるな！　そんな素人《しろうと》演技で主役なんてできるわけないだろ！」

「咲也《さくや》だって未経験で主役してたじゃん」

「あれは例外だ！」

幸の反論に対して、天馬が声を荒《あら》らげる。

いづみはそのやり取りを眺めながら、考え込むように顎に手を当てた。

「どうしようかな……やる気があるのはいいんだけど、全員前に出たがるタイプとは」

「春組とは全然違うっすね〜」

綴は面白がるような調子で、喧々囂々《けんけんごうごう》言い合いを始める夏組のメンバーを見回す。

「主役決めはまた改めてやることにしようか」

各々《おのおの》主役がやりたいと主張し合う夏組の会話をしばらく聞いていたいづみがそう切り出すと、綴はふと考え込むように視線を床《ゆか》に落とした。

「全員が主役……か」

小さな綴のつぶやきは、誰の耳にも届くことなく消えた。


夕暮れに沈《しず》むオレンジの街並みに、聖フローラ中学の制服の爽《さわ》やかなブルーが混じる。

帰宅時間を迎《むか》えた校門前は、続々と帰途《きと》につく生徒たちであふれていた。

「あ、幸くん――!」

前方に見知った姿を見つけた椋は、小走りで駆《か》け寄《よ》ると声をかけた。

「幸?」

声に振り返った幸がわずかに眉根《まゆね》を寄せる。

「あ、ごめん、幸くんって呼んでもいい?」

自然と呼び名を変えていたことを遠慮《えんりょ》がちに詫《わ》びる。

「別にいいけど……何?」

「一緒《いっしょ》に帰ろう」

呼び名の承諾《しょうだく》を得られたことがうれしいのか、椋がそう言いながらふわりと微笑む。

「……オレらが一緒に寮生活《りょうせいかつ》してること、ばれたらどうするの?」

幸は小さくため息をつくと、一人で歩きだした。椋も慌ててその横に並ぶ。

「え？　だめかな……？」

「演劇やってるって知られたら、面白がられるに決まってるだろ。メルヘン坊《ぼっ》ちゃん」

「あ……そうか、ごめん。そうだね。ボクと一緒だと、幸くんも何か言われちゃうね……」

幸の揶揄《やゆ》するような物言いを受けて、椋の視線が地面に落ちる。

「マメチビコンビとか、サイズ揃いすぎとか、可愛《かわい》いキャラでセット売り狙《ねら》いかよとか……」

「誰もそんなこと言わないと思うけど!?　さりげなくオレもディスられてるし」

「そ、そっか。ごめん」

卑下《ひげ》してるのか、けなしてるのかわからないような椋に、幸が緩く首を横に振る。

「そうじゃなくて、目立つし」

「う、うん、離れて歩くね」

椋はそううなずくと、一歩下がって、幸の斜《なな》め後ろを歩き始めた。幸はそんな椋の様子を何かもの言いたげな目で見つめたが、すぐに視線をそらした。

わずかな距離《きょり》をあけ、無言のまま住宅街を抜けビロードウェイを歩いていた幸と椋に、不意に足音が近づいてくる。

「おつピコ！　二人とも制服激マブ、やばたん～！　なんで離れて歩いてんの？」

一成は現れるなり、首をかしげながら幸と椋の顔を見比べる。

「カモフラージュ」

「何それ？　何それ？　芸能人みたいでかっけー！」

幸の言葉の真意がわかっているのかいないのか一成が一人で盛り上がっていると、そのすぐ横に静かに一台の車が停止した。

「？　何この車」

「ポルチェじゃん！」

黒光りする高級外車を見て、幸は不審《ふしん》そうな顔をし、一成は歓声《かんせい》をあげる。

と、車の後部座席のドアが開いた。

「道の真ん中で騒《さわ》ぐな。恥《は》ずかしい」

ゆっくりと車から降りてきたのは、制服姿の天馬だった。ビロードウェイからそう遠くないところにある公立高校、欧華《おうか》高校の制服だ。

「こんな狭《せま》い道にこんなでかい車で入ってくるアンタの方が恥ずかしいから」

幸が目を細めて天馬にそう告げる。

「オレの車のどこが恥ずかしいんだ！」

「所有者」

「？　所有者って……オレか！　オレのどこが恥ずかしいんだ!?」

一瞬不思議そうな顔をした後で騒ぎ出す天馬を、幸がようやく気づいたのかと言わんばかりにバカにした表情で見つめる。

「ま、まあまあ、余計に目立っちゃうよ」

椋がなだめるようにそう告げると、天馬は取り繕うように口を閉ざした。

「井川《いがわ》、もう帰っていいぞ。ここからは歩いてく」

運転席にそう声をかけると、車がゆっくりと発進し、遠ざかっていく。

「ジャーマネの送迎《そうげい》とか、さすがテンテン！」

一成の言葉に得意げな表情をしながら、天馬は一行に合流して寮《りょう》へと向かった。


「ただいまー」

「ただいま帰りました」

幸や椋に続き、続々と寮の玄関《げんかん》に入ってくる夏組メンバーたちをいづみと三角が迎える。

「みんな、お帰り！」

「おかえり〜」

「一緒に帰ってきたんだね。今日の晩ごはんはカレーだよ！」

いづみが笑顔でそう告げると、一成がわずかに引きつった笑顔を浮かべる。

「いや、昨日も一昨日《おととい》もカレーだったかな？」

「出たな、カレー星人……」

幸が悪霊退散《あくりょうたいさん》とばかりに両手でバツ印を作ると、椋が取りなすように口を挟む。

「カントクさんのカレー、おいしいよね」

「今日のカレーはね、スパイスを――」

「長くなるからいい」

いづみの解説を、すかさず天馬が途中《とちゅう》で遮る。昨日も一昨日も夕食の時間はいづみのスパイス講義で潰《つぶ》されて、いい加減学んでいた。

「さんかくおにぎりに、カレーかけよ～」

三角がそう言いながら談話室の方に向かおうとした時、どこからか低いうめき声が聞こえてきた。

「うう……」

「うめき声……⁉」

いづみが思わず辺りを見回した時、階段の方からぬうっと音もなく綴が現れた。壁《かべ》にすがるようにして、息も絶え絶えといった様子だ。

「うわ⁉　つづるん、どしたの⁉　グロッキーじゃん！」

「できた……」

一成が慌てて駆《か》け寄ると、綴が小さくつぶやく。

「え⁉　できたって……⁉」

「夏組……脚本《きゃくほん》……」

そこまで言うと、綴はゆっくりとその場に倒《たお》れ込んだ。その拍子《ひょうし》に持っていた紙の束がばさりと音を立てて床の上に落ちる。

「つづるーん！」

「お、おい！」

「きゅ、救急車を――！」

天馬と椋がおろおろしていると、三角がいつの間に持ってきたのか、おにぎりを手に駆け寄ってくる。

「おにぎり食べる～？」

のんびりとおにぎりを差し出すものの、綴は倒れ伏《ふ》したまま一切《いっさい》反応しない。

「大丈夫、すぐ起きるから」

いづみが他のメンバーを安心させるようにそう言うと、じっと綴の様子をうかがっていた幸もうなずいた。

「寝《ね》てるだけだね」

「また寝ないで書いたみたい。談話室に運んであげよう」

いづみが落ちた紙の束を拾いながらそう告げると、一成と三角が二人がかりで綴を談話室へと運んだ。

ソファに綴の体を横たえると、間もなく綴が目を覚ます。

「……んん？」

「綴くん、大丈夫？」

いづみが顔を覗き込むと、綴はぼんやりと辺りを見回した。

「あ、すんません……なんか急激に眠気《ねむけ》が襲《おそ》ってきて……」

ようやく談話室に運ばれたと気づいた綴がそう頭を掻《か》くと、幸が小さくため息をついた。

「人騒《ひとさわ》がせな」

「まったくだ」

天馬もめずらしく、この時ばかりは幸に同意する。

「あの、脚本ができたんですか？」

椋がそうたずねると、綴はわずかに生気が戻った表情でうなずいた。

「ああ。ばっちり。監督《かんとく》、チェックお願いします」

「了解《りようかい》。どんな題目にしたの？」

綴が持っていた紙の束に目を通しながら、いづみが問いかける。

「全員が主役を希望してたんで、アラビアンナイトをモチーフにしました」

「千夜一夜物語《せんやいちやものがたり》だっけ」

幸が首をかしげると、綴がうなずく。

「たしかに、あれならおとぎ話の主役がいっぱい出てきますね」

椋がそう告げると、いづみも手を打った。

「なるほど、それで全員が主役ってことか！」

「オレはさんかく役～？」

「ごめん、それはない」

綴が短く答えると、三角は残念そうに口をとがらせた。

「一応、メインの主役、アリババ役はリーダーの天馬で、シェヘラザード役が幸」

「当然だ」

「へえ、アラビアンナイトの姫《ひめ》なら衣装作るのも面白そう」

綴の指名に、天馬と幸が満足げにうなずく。

「アラジン役が三好《みよし》さんで、シンドバッド役が椋、ランプの魔人《まじん》が斑鳩さん」

「アラジン、いいじゃん。有名だし、キャッチー！」

「シンドバッドって船乗りのヒーローですよね！　素敵《すてき》です！」

「魔人か～。ランプってさんかくっぽいし、いいかも～」

一成や椋や三角も、それぞれに割り当てられた役に満足げな表情を浮かべた。

「主役問題も丸く収まりそうで良かった。さすが、綴くん！」

「っす」

いづみが素直にほめると、綴は少し照れたように頰《ほお》を搔いた。

「でも、アラビアン・ナイトなんて、装飾《そうしょく》が安っぽいとカッコつかないだろ。衣装はこいつの手作りで大丈夫か？」

天馬が顎で幸を示すが、幸はそれに気づかない様子で熱心にメモ帳に何やら書き込んでいた。

「オーガンジーとスパンコールもいっぱい使って……うん、色々アイデア浮かんできた。衣装やりたい、やらせて」

「もちろん！」

幸の申し出に、いづみが満面の笑みでうなずく。

もともと衣装係としてこの劇団に採用された幸の腕前《うでまえ》は、前回の公演で証明済みだ。いづみとしては当然、今回の公演でも頼《たの》むつもりだった。

「んじゃ、オレもゆっきーの衣装にあわせてビジュアルデザインしよっと」

「今回もよろしくね！」

幸と同じく一成のセンスも折り紙付きとあって、いづみは何のためらいもなくそう告げた。

「全部手作りかよ……本当に大丈夫か？」

今まで専任のプロのスタッフに囲まれてきた天馬にとって、すべて劇団員が担当するというのは不安があるのだろう。一人、いぶかしげな表情を浮かべていた。

その時、談話室のドアが開いて、支配人が入ってきた。

「監督、いますか～？」

「あ、支配人。どうかしました？」

「倉庫の整理をしてたら、初代夏組の稽古風景を納めたビデオテープが出てきたんです。何か参考になりますかね？」

そう言いながら差し出したのは、今ではあまり見かけない８ミリビデオテープだった。

「ずいぶん古びてんな」

綴が思わずといった様子でつぶやく。白いラベルに書かれた文字も薄《うす》れていてよく読めない。

「これ、８ミリビデオですか？」

「はい。でも、今寮の８ミリデッキが壊《こわ》れてまして……」

「今、ビデオデッキなんてどこにもないですよね」

いづみが思案気にビデオテープを見つめる。

「何これ？」

「ビデオって見たことないです」

ビデオテープを覗き込んだ幸と椋が首をかしげると、支配人が衝撃《しょうげき》を受けたようにのけぞった。

「これがジェネレーションギャップ……！　私ももう老いぼれですね……」

「げ、元気出してください！」

打ちひしがれる支配人を、いづみが励《はげ》ます。

「それより、ビデオデッキがないとなると、どうしましょう」

「うーん……」

いづみと支配人が首をひねっていると、一成がはいはい、と手を挙げた。

「その件、オレに任せてもらってい−？」

一成はそう告げると、すかさずスマホを取り出して何やら連絡を取り始めた。


夕日が差し込むキッチンに、いづみが一人立っていた。

（さてと、今日の夕飯は夏野菜のトマトカレー……）

鼻歌交じりに冷蔵庫の野菜室を覗き込む。

「あれ⁉　トマトがない⁉」

野菜室にはきゅうりやレタス、ナスやズッキーニといった野菜は入っているものの、トマトは一つも入っていなかった。

(うーん……チキンカレーに変更《へんこう》するか、でも今の気分はトマトカレー……。まだ時間もあるし、買いにいこうかな。ついでにデザートの果物も調達してこよう)

いづみはそう決めると、財布《さいふ》を持って談話室を出た。

「ただいま帰りました」

玄関へ向かうと、ちょうど椋が帰ってきたところだった。

「あ、おかえり、椋くん」

「あれ？　カントクさん、どこかにお出かけですか？」

靴《くつ》を履《は》くいづみを見て、椋が首をかしげる。

「ちょっと夕飯の買い出しにね」

「ボク、荷物持ちしましょうか……？」

「え？　帰ってきたばっかりなのに、いいの？」

「はい。もちろんです」

椋はそう言うと、持っていたカバンを玄関の隅《すみ》に置き、脱《ぬ》ぎ掛《か》けていた靴を履きなおした。

「ありがとう！」

いづみは満面の笑みで礼を言うと、椋と共に寮を出た。

買い物を終えてスーパーを出ると、すっかり陽が暮れていた。それでも大分日が長くなったおかげで、辺りはまだ薄明《うすあか》るい。

「椋くんが付き合ってくれるからって、ちょっと買いすぎちゃったね。半分持つよ」

いづみが申し訳なさそうにそう告げる。椋が両手にぶら下げたスーパーの袋《ふくろ》は、ぱんぱんに中身が詰まって膨《ふく》らんでいた。

「このくらい大丈夫ですよ」

無理をしている様子もなく、椋は軽々と袋を持ち上げてみせる。全体的に華奢《きゃしゃ》でいづみとそう身長も変わらないのに、その姿はやけに頼もしい。

「見かけによらず、力があるんだね」

いづみが感心していると、椋は照れたように首を横に振った。

「そ、そんな……大したことありません」

(っていうわりには、この大荷物も危なげなく運んでるし……)

「もしかして、何かスポーツでもやってた?」

いづみが問いかけると、椋は小さくうなずいた。

「実は、ずっと陸上部だったんです」

「へ〜! そうなんだ?」

初めて聞く事実に、いづみが驚《おどろ》いた表情を浮かべる。

「朝も放課後も、学校の授業以外は部活ばっかりやってました」

「ちょっと意外だな。図書館で読書してるイメージだったよ」

「よく言われます」

椋は気を悪くした様子もなく、微笑んだ。

「今は朝も放課後も劇団の稽古なので、ちょっと懐かしい感じがしますね」

そう言いながら椋が遠くを見つめた時、向かいから聖フローラ中学のジャージを着た少年たちが歩いてきた。少年たちは椋に気づいた途端、足を止める。

「あれ？　向坂《さきさか》？」

「あ……」

少年の一人に名前を呼ばれて、椋の表情が固まった。

「久しぶり」

「ひ、久しぶり……」

既知《きち》の仲らしく少年たちと言葉を交わすが、椋も少年たちもどこかぎこちない。

（学校の友達かな？　それにしては、なんだか変な雰囲気《ふんいき》だけど……）

いづみが内心首をひねっていると、最初に向坂と呼んだ背の高い少年が、沈黙《ちんもく》を恐《おそ》れるように口を開いた。

「……なんか、学校同じなのに、あんまり会わないよな」

「そ、そうだね」

「今、何してんの？」

「今は、何も……」

「そっか……」

「あの、練習、頑張ってね」

椋が少年たちの持つスポーツバッグを見つめて、小さく告げる。

「あ、ああ、んじゃ」

「またな」

少年たちは口々にそう挨拶《あいさつ》すると、そそくさと去っていく。椋はその姿を複雑そうな表情で見送った。

「学校の友達？」

いづみの問いかけに、椋がうなずく。

「陸上部の元チームメートです」

「元？」

「ボク、ケガしちゃって、やめたんです。エースとして期待されてたんですけど、バカですよね」

　椋がわずかに視線を落として、自嘲《じちょうてき》的な笑みを浮かべる。いつもの自虐《じぎゃくてき》的な発言をする時以上に暗い表情だった。

「そうだったんだ……短距離《たんきょり》とか？」

「はい。大好きな少女マンガのヒーローが陸上部のエースで、それに憧れて始めたんです。同じようにかっこいいエースになるために、毎日練習して、必死で努力して……」

「夢を叶《かな》えたんだね」

「そうですね。でも、エースになる夢は、途中でチームのみんなと優勝する夢に代わりました」

　椋はまぶしそうに目を細めて、少年たちが去っていった方向を見つめた。

「いいチームメートだったんだ」

「はい、すごくいいチームでした」

　そううなずく椋の言葉に迷いはない。

　もしケガをしなければ、今も椋は彼らと一緒に夢を追いかけていたのだろう。憧れていたヒーローと同じエースになっていれば、時折覗かせる自虐的な発言も、なりを潜《ひそ》めていたかもしれない。

　摑《つか》みかけていた夢を失った悲しみは、椋だけではなく、エースを失ったチームメートたちの心にも影《かげ》を落としたことは容易に想像がつく。

（さっきの子たちは、椋くんのことを思って、どんな声をかけたらいいかわからなかったんだな）

ぎこちない空気の中に、お互いに対する気遣《きづか》いがあったのだといづみはそこで初めて理解した。

椋には自分のせいでエースの不在という負担を背負うことになったチームメートに対する負い目が、そしてチームメートたちにはケガのせいで夢を諦《あきら》めざるを得なくなった椋を思いやる気持ちが、それぞれの口を重くしたに違いない。

「あの頃《ころ》みんなと追いかけた夢は、ボクにはもう見られません。その代わりに、今度は舞《ぶ》台《たい》の上で少女マンガの王子様になろうとしてるなんて、みんなに知られたら笑われちゃいますよね」

椋が伏し目がちにそう告げると、いづみは微笑みを浮かべて首を横に振った。

「そんなことないよ。さっきの子たち、今度の公演に招待しようよ。椋くんの芝居を観《み》てもらおう」

「え？　でも……」

迷うように椋の瞳《ひとみ》が揺れる。ケガのせいとはいえ、彼らと別の道を選んだことへの罪悪感があるのだろう。

「陸上の代わりに、今の椋くんが頑張ってる姿を見てもらおう。みんなに見せて恥ずかしくない、芝居をしよう」

　いづみが力強く告げると、椋は少しためらった後大きくうなずいた。

「――はい」

　椋の瞳が、意志の光が灯《とも》ったようにきらりときらめいた。

「それでいつか、王子サマの役やろうね」

「はい！　ボク、頑張ります！」

　椋が両手を握《にぎ》り締《し》めて勢いよく持ち上げた拍子に、袋の中身が零《こぼ》れ落ちた。

「わ――っと！」

「あ、梨《なし》が転がる！」

　二つ、三つと袋からこぼれた梨が、登ってきた坂道をどんどん転がり落ちていく。

「わわわ、待って、待って！」

「止まってー！」

　椋が慌てて梨を追いかけて走りだす。

　夕闇《ゆうやみ》に沈みかけた道を駆ける椋のまっすぐな後姿は、かつてのエースを彷彿《ほうふつ》とさせた。

第3章 はじまりの夏合宿

その日の夜の稽古《けいこ》は、読み合わせから始まった。

「今日から読み合わせを始めるけど、みんな、台本はちゃんと読んできたよね？」

「はーい」

「当然だ」

幸《ゆき》と天馬《てんま》が返事をすると、三角《みすみ》が首をかしげる。

「台本って何～？」

「この間、綴《つづる》さんが書いてくれた脚本《きやくほん》ですよ」

「すみー、魔人《まじん》の役だったじゃん」

台本を持ってきていないらしい三角に、椋《むく》が自分の台本を見せてやり、一成《かずなり》が三角の役名を指差す。

「ランプの精《せい》～！」

「そうそう」

ようやく思い出したのか、にこにこ笑う三角に一成も微笑《ほほえ》み返した。

（大丈夫《だいじょうぶ》かな……）

はたから見れば和《なご》やかな風景だが、これが読み合わせの稽古初日の会話と考えると、いづみも不安を覚えずにはいられない。

「セリフを読みながら、それぞれ役をつかんでいくようにしてね。それじゃあ、冒頭《ぼうとう》から――」

いづみの声かけで、幸が口を開く。

『今宵《こよい》も語って聞かせましょう。めくるめく千の物語のその一つ……』

語り手であるシェヘラザードのセリフから物語が始まる。

今回の脚本はアラビアン・ナイトをモチーフにしたコメディ劇だ。原作では夜毎《よごと》、王におとぎ話を語って聞かせる語り手のシェヘラザードと、おとぎ話の中の住人であるアリババが、今回は幼なじみという設定で、二人を中心に様々なおとぎ話の主人公たちがオアシスを探すというストーリーになっている。

『教えてくれ、シェヘラザード！　幻《まぼろし》の楽園オアシスはどこにあるんだ!?』

天馬扮《ふん》するアリババが、一攫千金《いっかくせんきん》を目指してシェヘラザードに詰《つ》めよる。

『では今宵も語りましょう。昔々とある国に……』

『前置きが長い！　三行で！』

『アラジン、魔法のランプ、魔法使い』

天馬のリードにより、テンポよく掛け合いが進んでいく。

（幸くんはまだ手探りの状態だけど、天馬くんはもうアリババの役をつかんでるな。コミカルな演技も問題ないみたい。実力はばっちりなんだよね……）

『アラジン……？　オレと何か関係あんのかな？　まあいっか。ねえねえ、キミかわいいね。名前なんていうの？』

女好きという設定のアラジンのセリフを一成が軽い調子でなぞる。

（一成くんはアラジンのナンパな性格と近いし、やりやすそう。綴くんの当て書きが功《こう》を奏《そう》した感じだな）

『俺は魔人。三つの願いを叶《かな》えてやろう。主《あるじ》の願いは何だ？』

飄々《ひょうひょう》とした様子で三角の魔人が現れる。

『ぎゃああ！　尻《しり》に火がついた！』

『見ればわかるだろ!?　あの魔法使いと大蛇《だいじゃ》をなんとかして！』

『魔法使いと大蛇か。それぞれ一つずつ、二つの願いを使うことになるがよろしいかな』

アリババとアラジンの危機にも、まったく動揺《どうよう》した様子を見せないところがコミカルだ。

『なんでもいいから早くして！』

『承知した』

（三角くんもはまってる。浮世離《うきよばな》れしたところがうまく魔人に活《い》かされてるな）

いづみは一人一人の役を確認しながら、じっとセリフを聞いていた。

『お前シンドバッドのくせに、黄金のありかとか知らないのかよ！』

「えっと……」

アリババのシンドバッドに対する投げかけに、椋が一瞬《いっしゅん》言葉を詰まらせる。

『大人になりなよ、アリババ。幻の楽園なんてないんだよ。一発逆転で億万長者になんかなれないんだって。真面目《まじめ》に働け』

つっかえつっかえしながらのセリフを聞いて、天馬が台本から顔を上げた。

「……なんだそれ？　授業で朗読させられてるんじゃないんだぞ」

「ご、ごめん！」

『大人になれ、なる――』

椋は慌《あわ》てて次のセリフを続けるが、すぐにまたつっかえてしまう。

「あっ、ごめんなさい」

椋が謝《あやま》ると、天馬は大きくため息をついた。

「いちいち止めるのやめてくれない？　やりづらい」

「誰のせいだと思ってんだ！」

幸に文句を言われて、心外だとばかりに天馬が眉間《みけん》にしわを寄せる。横で聞いていた椋がびくりと肩《かた》を震《ふる》わせた。

「ご、ごめんなさい……ボクがアホでバカでクズのちり紙だから……」

「そこまでは言ってない！」

　椋の自虐的《じぎゃくてき》な言葉に天馬と幸の声が重なる。

「もう一回言ってみろ」

　天馬が台本に視線を戻し、椋を促《うなが》す。

『大人になれよ、アリババ。まぶろしの——』

「幻」

「ごめんなさい！」

　天馬の指摘《してき》を受けて、椋が頭を下げる。天馬は再びこれ見よがしにため息をついてみせた。椋の元々小柄《こがら》な体がさらに縮こまる。

（うーん、こういう雰囲気《ふんいき》になると、余計なミスが増えるだけなんだよね）

　いづみは春組の最初の頃の稽古風景を思い出しながら、やり取りを見守った。

『ここまで引き延ばしたけど、もうどうしようもないし、王は——』

「王の」

「間違《まちが》えた」

　幸は天馬の指摘に対しても悪びれる様子はない。

「はあああ」

天馬が何度目かわからない深いため息をつくと、幸が眉《まゆ》をひそめた。

「はあはあ、うるさい。変態か」

「なんだと!?」

「はいはい、先を続けて」

口論に発展しそうになったところで、いづみがとりなす。天馬は不満そうな表情を浮《う》かべながらもセリフを続けた。


結局初めての読み合わせは、スムーズとは到底《とうてい》言えないものの、なんとか最後まで通すことができた。

「これで終幕、と。ひとまず、最後まで通せたね」

いづみの言葉に、天馬が首を横に振る。

「話にならない。そんなんでオレと吊《つ》りあうと思ってんのか！　特に向坂《さきさか》！　足手まといになる気か！　役をつかむ以前に、セリフを言う姿勢が――」

「天馬くん、ストップ！　最初から同じレベルでやろうなんて、無理だよ」

一方的にまくしたてる天馬を、いづみが止める。

天馬はきちんとやっている自分が責められることに納得《なっとく》がいかないのか、言い足りない様子で唇《くちびる》を噛《か》み締《し》めた。

「やってられない。あとは勝手に練習しろ」

吐《は》き捨《す》てるようにそう告げると、踵《きびす》を返す。

「リーダーとして、みんなの芝居《しばい》を良くするためにどうしたらいいか考えて。天馬くんにはできるはずだよ」

大股《おおまた》でドアへ向かう天馬の背中にいづみがそう投げかけると、一瞬天馬の動きが止まった。しかし振り返ることはなく、稽古場を出ていってしまう。

「行っちゃったね……」

「あんなヒステリー、ほっとけば」

途方《とほう》に暮れたような椋に、幸が素《そ》っ気《け》なく告げる。

「ごめん……ボクのせいだよね。ボクがチビでノロマで味噌《みそ》っかすの酒粕《さけかす》だから……」

「むっくん、誰もそこまでは言ってないし！ 酒粕って悪口じゃないんじゃね⁉」

一成が椋の肩を叩《たた》いて自虐発言を止めると、椋ははっとしたように口をつぐんだ。

「あ、そ、そうだよね。ごめん……」

「椋、たまに変なスイッチ入るよね」

幸があきれたような表情で椋を見つめると、三角が椋の前に手を差し出した。

「むく、元気出して～。このさんかくあげるから～」

三角の手のひらの上には小さな三角形の消しゴムが載《の》っている。三角なりの励《はげ》ましらしい。

「え？　小さい、消しゴムですか？　ありがとうございます」

椋は戸惑《とまど》いながらも消しゴムを受け取った。

（天馬くん、大丈夫かな。少し頭を冷やしてくれるといいんだけど）

いづみは考え込むように、天馬が出ていったドアの方を見つめた。


中庭に生《お》い茂《しげ》る雑草の青々とした香りが、夜風と共に辺りを漂《ただよ》う。昼間強い日差しを全身に浴びた緑が、月明かりの下ひんやりとした夜風に吹《ふ》かれて揺《ゆ》れ、深呼吸しているかのようだった。

不意に荒々《あらあら》しく扉《とびら》が開いて、中庭の静寂《せいじゃく》が破られる。

「バカバカしい。なんだあのレベルの低さは！　あれをどうにかする方法だと……？」

稽古場を飛び出してひたすらずんずん歩いてきた天馬は、中庭で夜風に当たってようやく足を止めた。

いづみに言われた言葉を思い出したのか、苛立《いらだ》たしげにぐしゃぐしゃと自《みずか》らの髪《かみ》をかきまぜる。

「……くそっ、全然わかんねえよ！　無理に決まってる！　つーか、なんでオレが怒《おこ》られたみたいになってんだ！　オレは悪くねえ！」

そうがなり立てた時、開け放したままだった扉の隙間《すきま》から、咲也《さくや》の顔が覗《のぞ》いた。

「あれ？　天馬くん？」

一人で暗がりの中に立っている天馬を見つけて、目を丸くする。

「どうしたの？　まだ稽古中だよね」

咲也は人懐《ひとなつ》っこい笑顔《えがお》を浮かべながら、中庭に降りてきた。

「……休憩《きゅうけい》」

バツが悪そうに天馬が視線をそらすも、咲也は気にした様子もなく天馬の隣《となり》に並ぶ。

「そっか。お疲《つか》れさま！」

天馬の言葉をまったく疑っていない咲也を、天馬がじっと見つめた。

「……アンタ、春組《はるぐみ》のリーダーなんだよな？　春組は、どうだったんだ？」

わずかにためらった後、天馬がそう切り出した。

「どうって？」

「だから、なんか、もめたりとか、うまくいかなかったりとか……」

天馬がそこまで言うと、咲也はようやく合点《がてん》がいったようにああ、と声を漏《も》らした。

「最初は、やっぱり大変だったよ。雄三《ゆうぞう》さんって、初代春組の人にコーチに来てもらったら、けちょんけちょんに言われて、へこんじゃったり」

「で、どうしたんだ？」

「うーん、カントクに特別メニューを考えてもらったりしたよ」

その頃のことを思い返すように、咲也が遠くを見やる。

「アンタは何もしてないのか」

「オレ？　オレは特に何も……」

「それで、なんとかなるのかよ!?」

腑《ふ》に落ちないといった様子の天馬に、咲也が困ったように眉を下げる。

「なんとかなるっていうか、みんな、なんとなくまとまっていったから……」

そこまで言って、思い出したように言葉をつなげた。

「あ、でも、舞台《ぶたい》のことを真剣《しんけん》に考えるために、舞台の上に布団《ふとん》を持ち込んで一緒《いっしょ》に寝《ね》たりしたよ。今思えば、あの頃から、みんなと仲良くなれた気がしたな」

「仲良くって……そんな必要あるのかよ」

咲也の言葉を聞いて、天馬が考え込むように眉根《まゆね》を寄せる。

「え？　だって、意思疎通《いしそつう》ができた方が、芝居もうまくいくでしょ？」

咲也がぽかんとした表情でそう告げると、天馬はより一層眉間のしわを深くした。

「わざわざみんなでとか、そういうのわかんねー……個人がベストを尽《つ》くすのが、何よりも大事だろ」

大物俳優の息子《むすこ》ということもあり、天馬が幼い頃から、周りは天馬をプロとして扱《あつか》った。演技はできて当然、礼儀《れいぎ》作法も仕事の仕方もすべてわかっているものとして扱われたし、天馬もその期待に応えてきた。

共演する女優や俳優たちも仕事仲間ではあっても、日々仲良く過ごすような仲間ではない。収録の時にプロとしてベストな画《え》を撮《と》れるように、完璧《かんぺき》に仕事をこなせばいい。そこに最低限の意思疎通や交流以外必要なかった。

天馬が心底理解できないという様子で首を振ると、咲也は困ったように眉を下げた。

「それも大事かもしれないけど、オレは実際に体験したから、わかるよ。みんなのお芝居が、これ以上ないくらいかみ合って、胸が震える、あの気持ちを……。春組みんなの心を一つにしなきゃ、きっとあの千秋楽《せんしゆうらく》は作り上げられなかった」

咲也が拍手喝采《はくしゆかつさい》に包まれた千秋楽を思い出すように天を仰《あお》ぐ。そして小さく息をつくと、天馬に向き直って照れたように笑った。

「うまく説明できないけど――」

「……ふん。確かに、千秋楽のアンタの芝居は、悔《くや》しいけどオレも認める」

天馬も客席から観《み》ていた千秋楽の公演を思い出したかのように、小さく告げた。

「何かあったら、また相談させろ。リーダー同士としてな」

「オレで良ければ、いつでも話聞くよ！　稽古頑張ってね！」

照《て》れ臭《くさ》そうにそっぽを向く天馬に、咲也は満面の笑《え》みで応えた。


稽古が終わっていづみが部屋に戻った頃には、夜の十時を回っていた。

（結局、天馬くん戻ってこなかったな。このままやめるなんて言い出さないといいけど……）

飛び出していったきりの天馬のことを思い返しながら、稽古の記録をつけようと机に向かった時、ノックの音がした。

「はい？」

「オレだ」

聞こえてきた声に驚《おどろ》きながら、慌ててドアを開ける。

ドアの前には口をきゅっと結んで、やけに真剣な表情をした天馬が立っていた。

「天馬くん？　こんな時間にどうしたの？」

「監督《かんとく》、リーダーとしての考えとかいうの、まとめてきてやった」

「え!? もしかして、今までずっと考えてたの!?」

「監督が考えろって言ったんだろう」

当たり前のことを聞くなといった様子で、天馬が憮然《ぶぜん》とした表情を浮かべる。

(意外とマジメ……!)

いづみが内心感心しながらも、それを表に出さずにたずねる。

「それで、その考えって……?」

「とりあえず、全員で寝てみる。そーすりゃいいらしい」

天馬の答えを聞いて、いづみの動きが止まる。天馬もそれ以上何も言わず、しばらく二人で見つめ合ったまま時が止まった。

「え?」

ややあって、いづみが小さく聞き返す。

「なんだ」

いづみの戸惑いの理由がわからないのか、天馬がいぶかしげな顔になる。

「そ、それだけ……!?」

「そうだ」

天馬は堂々とうなずいた。

(それを今までずっと考えてたんだ……しかも全員で寝てみるって、一体どういう理由で……)

何がどうしてそうなったのか、まったくわからないまま、いづみは天馬の言葉の意味に思いを巡《めぐ》らせる。

(ん？　全員で寝る……？)

ふと、いづみの頭にひらめいた。

「リサーチにもとづいた結果だぞ！　これでも何か不満か！」

思っていたよりも、自分の提案に対する評価が良くないとようやく悟《さと》った天馬が不満そうに抗議《こうぎ》すると、いづみが勢い良く首を横に振った。

「ううん！　それ、すごくいい案かも！」

「ふん、当然だ。オレが考えたんだからな」

満足げに鼻を鳴らす天馬を前に、いづみは頭の中であれこれ計画を練り始めた。

(そうと決まれば、さっそく準備しないと……)

いづみの口元には自然と笑みが浮かんだ。

朝早く寮《りょう》を出発し、知り合いの伝手《つて》で借りたバンを支配人が運転すること数時間、たどり着いたのは山奥《やまおく》の古びた山荘《さんそう》だった。

「はい、到着《とうちゃく》～！　みんな、お疲れさま！」

先に降りて手続きを済ませたいづみが、続々と車を降りてくる夏組のメンバーを手招きする。

「……ここが合宿所か」

「いかにもって感じ」

旅館とは違《ちが》う、質素な作りのエントランスを眺《なが》めて、天馬と幸がつぶやく。

「なんだか、部活の合宿を思い出すな」

「さんかく屋根～」

椋が懐《なつ》かしそうに目を細めると、三角は建物の屋根を見ながら、両手で自らの頭上に三角屋根を作る。

「レトロでイイじゃん！　インステあげよーっと。ゆっきーたちも一緒に撮ろ」

一成がスマホを構えて幸の方に向けると、幸が片手を掲《かか》げてブロックした。

「撮影不可《さつえいふか》」

「えー！」

不満そうな声をあげながらも、一成はすぐに三角や椋と共に写真を撮り始める。

「ぐずぐずするな、さっさと行くぞ！」

天馬はそう声をかけると、いち早く中へと入っていった。

「はい、は〜い！」

天馬の後を三角が追う。

「なんで、そんなにやる気満々なわけ……」

「行こう、幸くん」

いぶかしげな幸を誘《さそ》って、椋も玄関《げんかん》で靴《くつ》を脱《ぬ》いだ。

（天馬くん、なんだかはりきってるな）

いづみは部屋に案内するため先頭に立って歩きながら、後ろを歩く天馬をちらりと振り返った。

（最初に一緒に寝るっていう案を聞いた時はびっくりしたけど、合宿って考えれば違和感《いわかん》ないよね。出発の時はちょっと大変だったけど……）

いづみが朝の出来事を思い返すように、視線を前方に戻す。


早朝、寮の前に止めたバンに荷物を詰《つ》め込み始めたいづみたちを、玄関から憮然《ぶぜん》とした表情で真澄《ますみ》が見つめていた。

「俺も一緒に行く」

合宿の話を聞いてからというもの、何度となく繰り返した言葉だった。

「夏組合宿だから、行けません」

これまた何度も繰り返した言葉で、いづみはカバンをトランクに載せながら素《そ》っ気《け》なく返す。

「じゃあ、夏組になる」

ぶすっとした顔でそう告げる真澄を、見送りのために顔を出した咲也がぎょっとした表情で見つめた。

「ええ!? 真澄くん、春組はどうするの!?」

真澄は咲也の言葉に答えることはなく、いそいそと運転席に乗り込む支配人に目を向ける。

「大体、なんでアンタは行けるんだ」

「私ですか？ 私はもちろん雑用係です！」

「元気よくパシリ宣言しちゃった」

綴があきれたようにつぶやく。

「俺もそれやる」

言うなり、車に向かおうとする真澄の腕《うで》を、咲也と同じく見送りに来た綴が慌てて摑《つか》んで止める。

「お前は稽古があるでしょ！ ほら、わがまま言うんじゃありません」

「離《はな》せ、綴」

「これは捕《つか》まえとくから、監督いってらっしゃい〜！」

綴が真澄を捕《と》らえたまま手を振ると、いづみも手を振り返して車に乗り込んだ。

「ありがとう、綴くん！　みんな、留守番よろしくね！」

「合宿、頑張ってくださいね〜！」

咲也も笑顔で夏組メンバーたちの乗り込んだ車に手を振った。


割り当てられた部屋に荷物を置くと、さっそく稽古が始まった。稽古場として貸し出されたのは宴会場《えんかいじょう》のような場所だったが、広さは十分すぎるくらい広い。

「それじゃあ、二泊三日、みっちり稽古するから、みんな頑張ろうね！　まずは冒頭の読み合わせから。前回の反省を生かして、今度はもう少し掘《ほ》り下げていこう」

いづみの声かけで、読み合わせが始まる。

一人一人、最初の頃よりは慣れてスムーズに進むようにはなっていた。

『気をつけてね、アリババ』

幸のセリフで、天馬が台本から顔を上げる。

「おい、ここのシェヘラザードはそんな能天気じゃない」

「はあ？」

幸は一瞬眉をひそめたが、ふと考え込むように台本に目を落とし口を閉ざす。ややあって、納得したような声を漏らした。

「……ああ、王様からハーレム要員になれって言われてるからか」

「そうだ。脚本でそれが明らかになるのは終盤《しゅうばん》だが、役者はそれを踏《ふ》まえて演技しろ」

「はいはい」

幸は特に反論することもなくうなずくと、先を続けた。

(天馬くんの指摘は相変わらずだけど、具体的だしわかりやすくなった。監督の私が言ってもいいことなんだけど、ここは黙《だま》って天馬くんに任せてみよう)

いづみはそう決めると、天馬と幸のやり取りを見つめた。

『あんた、昔から人の話をちゃんと聞かないっていう致命的《ちめいてき》な欠点があるから』

「そこも。アリババに対する気持ちがこもってない。感覚的にやるな」

「……わかってるよ」

天馬の指摘に、幸が面倒《めんどう》そうながらも素直《すなお》にうなずく。

(幸くんは、セリフをさらっと流しがちなのが弱点かな。でも、天馬くんに細かくつつかれて良くなってる)

逐一《ちくいち》指摘され、その都度きちんと修正することで、確実に幸のセリフ回しは自然になっていった。

『あ、あの子もマジかわいい。ねえねえ、オレと遊びに行かない？』

「そこはもっとテンション上げる」

一成のアラジンのセリフにも、天馬が口を挟《はさ》む。

「え？　そーなの？」

「未来の嫁《よめ》なんだから、他の子をナンパする時より変化させる」

「ふーん。そういうもんなんだ。オケオケ！」

一成は軽く返事をすると、改めてセリフを言い直した。

『あ、あの子もマジかわいい。ねえねえ、オレと遊びに行かない？』

さっきよりもテンションが高く、他のセリフとの差別化が図《はか》られている。

（一成くんはうまく役をつかんでるけど、それ以上に踏《ふ》み込もうとしないのが難点かな）

そのほかの部分でも天馬の指摘には素直に従うものの、その意味を深く考えようとしないのがいづみには少し気にかかった。

『大人になりなよ、アリババ。幻のがく――』

「楽園」

「ごめんなさい！」

天馬の指摘に対して、勢いよく椋が頭を下げる。

『大人に――大人になれよ、アリババ』

謝れば謝るほどに椋のセリフ回しはぎこちなく、途切《とぎ》れがちになっていった。

(椋くんは指摘されると萎縮《いしゅく》して、ミスが多くなる。自信を持って続けるメンタル面が課題かも)

じっと椋と天馬の様子を見つめながら、いづみはそんなことを考えていた。

『幻の楽園だろ？　幻なんだから存在するわけないじゃん』

三角の魔人は最初の読み合わせの時と変わらず、そつがない。

(三角くんは安定してるな)

『いい加減——あ！』

不自然に三角のセリフが止まる。

「どうしたの、三角くん？」

いづみがたずねると、三角は満面の笑みで窓の外を指差した。

「あの雲、さんかく！」

「今、稽古中だろ！」

天馬が勢いよく突っ込み、いづみは脱力《だつりょく》して肩を落とした。

(三角くんの意外な弱点は、ここか……！　もっと芝居に集中してもらわないと……)

予想外の発見に、思わず苦笑いが浮かぶ。演技力は完璧でも、集中が途切れた瞬間《しゅんかん》にすべてが崩《くず》れてしまう。これが公演中なら致命的だ。

「ってか、シェヘラザードって、なんで千夜《せんや》一夜《いちや》物語《ものがたり》なんて始めたんだっけ」

一通り読み合わせが終わった時、幸がふと思いついたように口を開いた。

「なんかそういう仕事なんだっけ？」

一成が首をひねると、天馬があきれたようにため息をつく。

「違うだろ」

「おむすびもらったお礼かな～」

「絶対違うだろ！」

三角の言葉を全力で天馬が否定するが、これといった答えは出てこない。

「んー、つづるんいないからわかんないよね」

一成がそう告げた時、おずおずと椋が口を開いた。

「この脚本はアラビアンナイトをアレンジしてるから、違うかもしれないけど、原典のシェヘラザードなら……」

「原典だとどうなん？」

「王様が毎晩夜を共にした女性を処刑《しょけい》していたのをやめさせるために、王に嫁《とつ》いで、毎晩物語を聞かせるんだよ。物語の佳境《かきょう》まで話して、続きはまた明日、と約束することで、自分を処刑するのをやめさせるんだ」

一成の問いかけに、椋がそう説明する。

「へえ、そうなんだ」

「むっくん、くわしい！」

幸と一成が感心していると、椋は照れ臭そうに目を伏《ふ》せた。

「一応、全巻読んでみたんだ」

「全巻!? あれ、すっごく長いよね」

いづみも驚いて思わず声をあげる。出版社によって多少の差はあれど、大体どれも十巻は超《こ》える大作だ。

「図書館で借りて、あっという間に読んでしまいました。少し大人なお話もあったりしましたけど……色々面白《おもしろ》かったです」

照れ笑いをしながらそう話す椋に、三角がすっと手を差し出した。

「えらいからスーパーさんかくクン進呈《しんてい》〜！」

「え、え？ なんですか、これ？」

手のひらの上には、三角形のキーホルダーのようなものが載っている。よく見れば、目鼻や口、小さな手足がついていて、王冠《おうかん》までかぶっていた。

「マスコットのような謎《なぞ》の三角形の物体？」

覗《のぞ》き込んだ幸がいぶかしげにつぶやく。

「かわいい？ かな？ キッチュ〜？ みたいな？」

「ムリすんな」

首をひねりながらほめようとする一成に幸が突っ込んだ。

「色がついてるからスーパーだよ〜」

「消しゴムからグレードアップした……！　ありがとうございます……」

満面の笑顔を浮かべる三角から、椋がうれしそうに受け取る。

そんな椋の様子をじっと見つめていた天馬が横から口を挟《はさ》んだ。

「役作りのために読んだのか？」

「うん、もっと千夜一夜の世界をちゃんと理解したくて……」

「……まあ、努力は認める」

普段《ふだん》厳しいことばかり言う天馬がめずらしくほめたことに、一瞬椋がぽかんとした表情を浮かべる。直後、ぱっと顔を明るくした。

「ありがとう！」

「ふうん、女の人を殺す王様か……それなら、シェヘラザードも絶対嫁ぎたくないよね」

幸が納得したように、改めて台本を読み直す。

「シェヘラザードの心情もわかるだろ。お前も少しは椋を見習え」

「……うるさいな、わかってるよ」

幸は煙《けむ》たそうに答えると、椋の方に向き直った。

「椋、衣装《いしょう》の参考にしたいし、後で内容教えて」

「もちろん！」

そのまま千夜一夜物語の原典の話を続ける夏組メンバーたちを、いづみは柔《やわ》らかな表情で見つめていた。

（うん、いい感じだな。前回よりもみんな、ちょっとずつだけど進歩してる）

芝居の技術よりも、まず稽古中の雰囲気が変わった。それがいづみには何よりもうれしかった。


一日がかりの稽古を終えた夏組のメンバーは、お腹《なか》をさすりながら食堂にやってきた。

稽古場になっている広間と同じく、広さはあるものの古びた印象で、簡素な長テーブルがずらりと並んでいる。

「腹へリペコリンコ～」

「おにぎり、おにぎり」

一成と三角が食堂をきょろきょろ見回すが、食事らしきものはまったく見当たらない。

「夕飯は？」

天馬の問いかけに、いづみが満面の笑みで奥《おく》の厨房《ちゆうぼう》を指差した。

「親睦《しんぼく》を深めるために、みんなで作ります！」

「ええ～！」

幸が露骨《ろこつ》に嫌《いや》そうな声をあげれば、天馬が驚いたように目を見開く。

「合宿所にはコックもいないのか⁉」

今まで映画やドラマの撮影で泊《と》まりがけの仕事はあっても、宿泊先《しゅくはくさき》はホテルばかりだった天馬にとっては、建物の古さもそうだが自炊《じすい》というのも衝撃《しょうげき》だった。

「大丈夫！　今夜のメニューは人類みんなが大好きな……本格派カレーだから！」

「またか！」

「カレー星人再来……」

いづみの言葉で、天馬と幸が同時にげっそりした表情を浮かべる。

「で、でも、ほら、カントクさんのカレーおいしいし」

「まね、おいしいのはわかる！」

「おにぎりあるならいいよ～」

椋のフォローに一成が同意し、三角もそれに続いた。

「ほんとはしっかり寝かせたいけど……秘伝のスパイスを持ってきたの！　このスパイスはね、なんとインドから直輸入した――」

そのままスパイスの説明を始めるいづみをよそに、幸はさっさと厨房へ入っていった。

「はいはい、オレご飯係やる」

「炊飯器《すいはんき》のスイッチ入れるだけだろ！」

天馬の突っ込みに幸が意外そうな顔をする。

「よく知ってるね」

「バカにするな！」

天馬と幸が言い争う横で、椋は食材が入ったビニール袋からニンジンやジャガイモを取り出した。

「野菜洗った方がいいのかな」

まだ一人とうとうとスパイスについて語るいづみに、椋がちらりと視線を送る。

「カントクちゃんのスパイス話は長いから、聞きながら始めちゃお～」

一成は椋の肩を叩いて隣に立つと、ニンジンを洗い始めた。

「オレはおにぎり係～」

三角はそう言いながら、おにぎりの具になりそうな食材や焼きのりを袋から取り出す。

「十五種類目のスパイスが……って、あれ!? みんな、いつの間に始めてたの!?」

さっさと厨房で作業を始めていた五人を見て、いづみが目を丸くした。

「おい、米はもっとちゃんととげ！」

洗い場で米をとぐ幸の横で、天馬が両腕《りょううで》を組んで指示を出す。

「芝居以外でも細かい」

「当たり前のことを言ってるだけだ！　それに、その米の品種はなんだ？　オレはピカリン米《まい》しか食べないって決めてる」

わざわざ米の袋を取り出してチェックする姿は、さながら小姑《こじゅうと》のようだ。

「わがままずぎ」

「お前ががさつすぎんだよ！」

ため息をつく幸に、天馬が目を吊《つ》り上げる。そのまま言い争いを始める二人の間に、ジャガイモを持った椋が割って入った。

「お、落ち着いて。このお米もおいしいよ」

「大根役者は黙ってろ！」

天馬がケンカ腰《ごし》のまま椋を一喝《いっかつ》すると、椋が悲しそうに目を伏せる。

「大根……大根もおいしいよ……」

「そういうことじゃない！」

「おにぎりにしたら、なんでもおいしいよ〜」

横から口を挟んできた三角を、天馬がきっとにらみつける。

「それはお前が変人だからだ！」

「え〜……」

三角が不満そうに口をとがらせると、幸がこれ見よがしに大きくため息をついた。

「なんだよ、そのため息は」

「アンタがいると空気悪くなる」

「オレのせいかよ!?　そもそも、お前がちゃんと米をとがないから――!」

「人のせいにしないでよ」

「なんだと――!?」

火に油を注ぐ幸の発言で、再び天馬の頭に血が上る。

「こーらテンテン！　そんなにかわいくないこと言うと、トモダチいなくなっちゃうよ～！」

一成がへらへらと笑いながらなだめるように天馬の肩を叩くと、天馬の顔色がさっと変わった。

「――お前みたいに誰にでもいい顔してまで、うすっぺらいオトモダチ作ろうとか思わない！」

天馬が一瞬顔をゆがめた後、そう言い放つ。と、一成の表情が固まった。

「えっと……ハハ」

とりつくろうようにぎこちなく笑う一成を見て、天馬がはっとしたように口を閉ざす。

不自然な静寂がその場を包んだ。

「言っていいことと悪いこともわかんないの」

追いうちをかける幸の一言に言い返すこともなく、天馬は小さく舌打ちをして踵を返す。

「あ、天馬くん――！」

椋が心配そうに声をかけるが、天馬はそのまま荒々しい足音と共に食堂を出ていってしまった。

（うーん、やっぱり夏組はチームワークが大きな課題になりそうだな）

一連のやり取りを黙《だま》って見守っていたいづみは、夏組の課題克服《こくふく》に向けて思いを巡らせた。


夕食を終えて各自自由時間となった後、いづみは合宿所の廊下《ろうか》を一人、辺りを見回しながら歩いていた。手にはカレー皿の載《の》ったお盆《ぼん》を持っている。

（天馬くん、どこにいるんだろ。きっと、お腹空いてるよね）

温め直したカレーはまだ湯気が立っている。みんな慣れない作業ながらも協力し合って作り上げたカレーの味は、いづみを始め当人たちにも好評だった。

エントランスまで来た時、玄関の前の外階段に人が座っているのに気づいた。どこを見るでもなくぼうっと前を向いたまま座っているその背中は、心なしか寂《さび》しそうに見える。

「あ、いた」

いづみの小さなつぶやきで、天馬が勢い良く振り返った。

「……なんだよ？」

いづみの顔を見た天馬は、気まずそうに再び前を向く。

「はい、カレー。すっごくおいしくできたの。奇跡《きせき》の出来《でき》。みんなはもう食べたよ」

そう言ってカレーを差し出すと、天馬はちらりと確認した後、すぐにそっぽを向いた。

「いらない」

天馬が言い切る前に、お腹の音が辺りに盛大《せいだい》に響《ひび》く。

「――っ」

天馬の耳が一気に赤く染まった。いづみは気づかれないように笑いをかみ殺し、お盆を天馬の膝《ひざ》の上に載せた。

「この辺り、コンビニもレストランもないでしょ？　食べないと明日の稽古で力が出ないよ」

そう言い募《つの》ると、天馬は少しためらった後、おずおずとスプーンに手を伸《の》ばした。

（良かった。食べてくれた）

カレーを一口含《ふく》むのを見て、いづみが微笑む。

「……うまい」

たっぷりと時間をかけて飲み込んだ天馬が、ぽつりとつぶやいた。瞬間、いづみが破顔《はがん》する。

「でしょ？　みんなにも好評だったんだ！　幸くんなんてスーパーカレー星人って呼んでくれて……」

「なんでそのあだ名で喜んでんだよ」

天馬はうれしそうに報告するいづみを見てあきれながらも、黙々《もくもく》とカレーを食べ続けた。

「ね、明日のご飯は一緒に食べよ？」

いづみの問いかけに対して、天馬は返事をすることもなく、カレーを食べる手を止めることもしなかった。

「天馬くんなりに、リーダーとしてみんなのことちゃんと見てること知ってるよ。厳しい言葉だって、それぞれの役者としての特性を理解してなきゃ言えない」

ただ黙って聞いている天馬に、さらにいづみは言葉を続ける。

「今日の稽古では、具体的にわかりやすく指摘してあげてたでしょ？　みんな、天馬くんの言うことを素直に聞いてたよ。おかげで、少しずつ役の理解も深まったし、芝居が良くなってきたと思わない？」

いづみが問いかけると、ようやく天馬の手が止まった。

「……まだまだだろ。瑠璃川《るりかわ》は、器用な分セリフを流しがちになる」

カレーを見つめながら、小さく告げる。

（私が考えたことと同じだ）

いづみとまったく同じことを、天馬も考えていた。それはすなわち、天馬が総監督《そうかんとく》という立場のいづみと同じ目線に立てるということを意味している。夏組《なつぐみ》の、いや春組含めて今の他の劇団員の誰も持っていないリーダーの素質を天馬は持っている。

「……でも、動きに華《はな》がある。自分の見せ方を知ってるから、舞台で映《は》える」

ぼそっと付け加える天馬に、いづみがうなずいてみせる。

(幸くんのいいところもちゃんとわかってるんだ)

天馬は再び一口カレーを口に入れ、飲み込むと、何もない前方をじっと見つめた。

「三好《みよし》はいい意味でも悪い意味でも適当だ。人に合わせるのはうまいけど、押しが弱い。でも、どんな相手にも合わせられる柔軟《じゅうなん》さがある」

いづみが相槌《あいづち》をうって促《うなが》すと、さらに先を続ける。

「向坂は、下手くそだが努力家だ。役のこともよく考えて演じようとしてる。緊張《きんちょう》しすぎるところを直せば化ける可能性がある。斑鳩《いかるが》の実力は本物だ。真面目《まじめ》にやれば、オレと張るくらいの演技力を持ってる。それなのに、へらへらしてるところがどうしようもない」

忌々《いまいま》しげにそう言い放った時、いづみの口から小さな笑い声が漏れた。

「なんだよ？」

天馬が怪訝《けげん》そうにいづみの顔を見上げる。

「やっぱり天馬くんをリーダーにして良かったなって実感してたところ」

天馬の指摘は良い点も悪い点も的を射ている。いづみがしみじみと天馬をほめると、天馬は照れたようにそっぽを向いた。

「明日はちゃんとみんなに謝って。それで、今まで通りみんなの欠点は指摘して、それと同じくらいできたことに対してほめてあげて。天馬くんは役者としてみんなの大先輩《だいせんぱい》なんだから、そのくらいできるでしょ？」

いづみが天馬の顔を覗き込むと、天馬は小さく鼻を鳴らして不遜《ふそん》な表情を浮かべた。

「誰に向かって言ってんだ……オレはいつか、世界各国の主演男優賞を総ナメにする男だぞ。演技指導なんて余裕《よゆう》だ」

（単純だ……！）

さっきまで一人で寂しそうに座っていたとは思えないような態度だった。切り替えが早いのは、役者としては長所ともいえる。

「あはは、そうだね」

「笑うとこじゃない！」

いづみが思わず笑いながらうなずくと、天馬がむっとしたように言い返した。

「ごめん、ごめん。頼《たよ》りにしてるよ、リーダー」

「しょうがないな」

かけられた言葉にまんざらでもない様子で大仰《おおぎょう》にうなずくと、天馬は再びカレーを食べ始めた。お腹が空いていたのかおいしいからか、見る間に皿の上のカレーが消えていく。

その様子を見つめるいづみの目が優しく細められた。

（天馬くんを信じて任せてみよう。天馬くんが指導の一部を担《にな》ってくれたら、私はその分、別のことができるかもしれない。春組の時とはちがうことが……私も監督として成長しなくちゃ）

いづみは劇団に生まれた新たなリーダーを前に、自らの成長を誓《ちか》った。


早朝、稽古場代わりの宴会場にまぶしい日差しが差し込む。山中ということもあり、朝晩の気温は低いが、照り付けるきつい日差しは近づく夏の気配を感じさせた。

一人、窓を背に立つ天馬の明るい髪が、太陽の光を受けて一層きらきらと輝《かがや》く。まばゆいばかりのその姿とは裏腹に、天馬の表情は硬《かた》く、険《けわ》しかった。

稽古場に入ってきた椋は、両腕を組んで仁王立《におうだ》ちしている天馬に気づいて、わずかにひるんだ。

「お、おはよう」

おずおずと挨拶《あいさつ》をする椋に続き、一成と幸がいつも通りの様子で入ってくる。

「おはよー」

「おはよ」

最後に三角といづみが稽古場に入り、全員が揃《そろ》った。

「今日はさんかくゼロの日だ～。空気がどよ～ん、オレもどよ～ん」

稽古場の空気につられてか、偶然《ぐうぜん》か、めずらしく三角の表情も暗い。

「みんな、おはよう～！　それじゃあ、準備体操から始めてね」

いづみはその場の雰囲気を一変させるように、明るく声をかけた。

メンバーたちは各自黙々《もくもく》と準備運動を始め、会話はない。

（うーん、空気が重いなあ……）

少し距離《きょり》をとって屈伸《くっしん》をしている天馬と、他のメンバーを見比べる。その立ち位置はそのまま心の距離を表しているようだった。

「おい！」

ふいに天馬が声をあげると、ずかずかと他のメンバーの方に歩み寄った。

「え!?」

「テンテン、どしたの？」

椋がびくりと肩を震わせ、その横にいた一成が首をかしげる。

「な～に～？」

続けて三角も返事をすると、幸があきれたような表情を浮かべた。

「誰を呼んでんの？」

「全員だ！」

天馬はそう言い切ると、わずかに視線をそらした。

「昨日は……その、悪かった」

ためらいがちに、さっきまでとは打って変わった小さな声でそう告げる。

「え……」

「は……？」

椋がぽかんとしたように口を開け、幸が怪訝そうな顔になる。

「テンテン……」

「なんの話～？」

一成は驚きと喜びが入り混じった表情を浮かべ、三角は不思議そうに首をかしげる。

表された感情に差はあれど、一様にまじまじと見つめられて、天馬は恥《は》ずかしそうにそっぽを向いた。

「以上！　さっさとストレッチしろ！」

「……う、うん」

椋が天馬に気を使うように再び屈伸を始めると、幸も大人しくストレッチ運動に戻った。

「……あのオレ様天馬様が謝るとはね〜」

心底意外そうな幸のつぶやきに、椋がわずかに微笑みながら答える。

「天馬くんも言いすぎたと思ったんだよ」

「ふーん」

「テンテン、全然気にしてないって〜。だいじょぶ、だいじょぶ！」

「ねえねえ、なんの話〜？」

一成や三角が天馬に声をかけるが、天馬は聞こえない振りをして首のストレッチをしていた。その耳は赤く染まっている。

（良かった……天馬くんがちゃんと謝ってくれて……）

一気に稽古場の空気が和《やわ》らいだのを感じながら、いづみはほっと息をついた。

『ここまで引き延ばしたけど、もうどうしようもないし、王のハーレムに入るしかないわ』

「今のはもう少し感情を抑《おさ》えた方がいい」

「はいはい」

幸のセリフに、いつもの調子で天馬が口を挟む。

「でも、その仕草は良かった」

「え――」

天馬がそっぽを向きながら付け加えると、幸が唖然《あぜん》としたように動きを止めた。

「たしかに、すごく心情が伝わってきたよ！」

椋が大きくうなずきながら同意する。

「ポンコツ役者がほめるとか気持ちわる……トリハダ立つよ」

「なんだと⁉」

幸が顔をしかめながら腕をさすると、天馬が声を荒らげる。その様子を見ていた椋が、小さく笑みを漏らした。

「幸くんってば！　素直にうれしいって言えばいいのに」

「別にうれしくないし」

「もう……」

幸は素っ気なく言いながらも、それ以上悪態をつくことはなかった。

『お前はそれでいいのかよ⁉』

『そんなの、いいわけないでしょ。でも、どうしようもないじゃない』

幸の芝居がさっきと変わる。口調がさっきよりも冷静になり、その分、服を握《にぎ》り締《し》める手の表現が際立《きわだ》った。

（あ、仕草が変わった。動きが出てきてすごく良くなってきたな）

いづみもその変化に気づいて、小さくうなずく。

『一発逆転で億万長者になんかなれないんだって。真面目に働け』

「そこはもっとためた方が伝わる」

「あ、ごめん」

焦《あせ》ったように椋が謝ると、天馬が言葉を続ける。

「表現の仕方はいい」

「う、うん！　ありがとう！」

『一発逆転で億万長者になんかなれないんだって。真面目に働け』

すぐにやり直した椋のセリフは、肩の力が抜けていて自然だった。

（緊張しないで先を続けられてる。言い方を変えるだけで、全然違う）

天馬の言葉一つで見違《みちが》えるように変わっていくメンバーたちの演技を見て、いづみは内心舌を巻いた。

演技のうまい役者でも、他人の演技をきちんと分析《ぶんせき》できるとは限らない。天馬の他の者の演技に対する観察力や分析力は、今まで天馬が芝居と真剣に向き合って学んできたことで得られたものだろう。

稽古はいつになく雰囲気《ふんいき》も良く、メンバーたちの芝居にも熱が入っていた。天馬の指摘を受けて自分の芝居が良くなっているのがわかるのだろう。どんどん芝居にのめり込んでいっているのが、見ているいづみにもよくわかった。

（みんなこの短時間でメキメキうまくなってる。天馬くんの指摘が的確なおかげで、成長が早いな）

いづみは時計を確認すると、パンと手を打った。

「はい、それじゃあ一時間お昼休憩にしよう。今日は支配人が作ってくれるって」

いづみがそう告げると、メンバーたちはそこで初めて空腹に気づいたかのようにお腹をさすり始めた。

「支配人の料理って食べたことないな」

「なんだろうね」

幸と椋が首をかしげる。

春組のメンバーが入団した時以来、その独創的すぎる出来栄《できば》えから、いづみの判断で支配人は食事当番から外された。支配人の料理を食べたことのない夏組メンバーは、ある意味幸せといえた。

「カレーじゃないことを祈《いの》る」

天馬がそうつぶやけば、一成と三角がそれに続く。

「オレ、パスタとか食べたいな～」

「オレ、おにぎり～」

「すみー安定！」

ところだった。

各々《おのおの》昼食のメニューに期待を寄せながら食堂に着くと、ちょうど支配人が配膳《はいぜん》を終えた
「みんな、お昼ごはんできましたよ～」

満面の笑みで示されたテーブルの上を見て、幸と天馬が絶句する。

「まさかのカレー……」

「うどん……」

「昨日のカレーを再利用したので、味は保証付きです！」

支配人の言う通り、見た目は至極《しごく》まともなカレーうどんだった。

「ま、まあ、カレーライスじゃないだけいいんじゃないかな！」

「麺《めん》つながりだけど、おしいっす！」

椋と一成が気を取り直すようにそう言いながら、席に着く。

「おにぎりがない絶望～……」

三角ががっくりと肩を落とすと、一成がどんぶりの中を指差した。

「すみー、ジャガイモがサンカク！」

三角形にカットされたジャガイモを示すと、三角がぱっと目を輝かせた。

「ほんとだ！　さんかく、さんかく！」

「へへ！」

三角が笑顔で一成の隣に座る。

いづみのいただきます、の言葉で一斉《いっせい》に食べ始める。それぞれの期待とは違っていたものの、お腹が空いていたため、全員黙々と箸《はし》を進めていた。

「おかわりもありますからね～！」

支配人がほがらかに声をかけると、幸がふと疑うような目つきになる。

「また夕飯もカレー味にする気じゃないよね？」

「それは、後でのお楽しみ！」

そう微笑むいづみを見て、幸の目が一層細められる。

「一ミリも期待できない……」

「それより幸くん、午前中の稽古ですごく演技良くなってたね」

いづみが稽古中のことについて触《ふ》れると、幸は小さくため息をついた。

「はあ……アンタのその得意げな顔がムカつく。昨日の夜、あのポンコツリーダーに何吹き込んだのか知らないけどさ……」

「えっ……どんな顔してる!?」

いづみが慌てて頬《ほお》をこすると、幸はあきれたように首を横に振った。

「鏡見れば」

（そんなに変な顔してたかな……!?）

いづみが首をひねっていると、幸はふいっと視線をそらして言葉を続けた。

「……悔しいけど、アイツの指摘って正しいんだよね。演技に関しては」

「うん、うん」

いづみが口元を緩《ゆる》めて何度もうなずくと、幸がちらりとその表情を確認して顔をしかめる。天馬を認めるのも、そう仕向けたいづみを認めるのも癪《しやく》なのだろう。

「そのにやついた顔がまたムカつく」

「えっ、どんな顔⁉」

「……変な顔」

「ええっまた⁉」

しきりに顔を触《さわ》って確認しようとするいづみを見て、幸は意趣返《いしゆがえ》しが成功したかのようににやりと微笑んだ。

午後の稽古も順調に進み、夕方頃、予定していたよりも早くその日のメニューが終わった。

「はい、今日の稽古はこれで終わりだから、夜は各自復習しといてね」

いづみがメンバーを集合させて、稽古の終わりを告げる。

「お疲れ」

「お疲れー」

「お疲れさまでした！」

「おつおつ！」

口々に挨拶《あいさつ》をして汗《あせ》をぬぐう。エアコンが効いているとはいえ、稽古場は日当たりも良く、全員汗だくだった。

「おなかすいた～。夕ご飯何かな～」

「カレー味の何かだよ」

お腹をさすりながらつぶやく三角に、幸が素っ気なく答える。

「カレー味のおにぎりかな？」

「それ、ただのカレーライスかも！」

「そっか～！」

一成の指摘に三角が笑顔でうなずきながら、食堂へと向かう。

「みなさん、お疲れさまでした～！　今日の夕方はアクティビティを用意しときましたよ！」

食堂に入るなり、支配人がそう告げる。少し夕食には早い時間ということもあり、食事の支度《したく》はまだだった。

「アクティビティ？」

幸が首をかしげると、支配人が背中に隠《かく》していた大きなビニール袋をさっと差し出した。

「じゃじゃ～ん！　これです！」

「それって……花火ですか？」

ビニール袋から飛び出しているパッケージを見て、椋がたずねる。

「夏といえば花火！　合宿は思い出作りも大切です！」

「たしかに、いいですね！」

支配人の力説に、いづみが大きくうなずいた。


さっそく花火の袋を持って、合宿所の裏手の庭に出る。ちょうど日は暮れ、空はうっすらとくすんだ青色に染まり始めていた。

「いえー、ロケット花火やろ！」

一成が袋の中から真っ先に筒状《つつじょう》のロケット花火を取り出す。

「なんだそれ」

「天馬くん、ロケット花火やったことないの？」

不思議そうにロケット花火を見ている天馬に、椋がたずねる。

「ドラマの撮影で線香《せんこう》花火はやったことがある」

「おえ、一瞬にしてリア充《じゅう》映像が浮かんだ」

天馬の返答に、幸が顔をしかめる。

「リア充映像？」

椋が首をかしげると、天馬が説明を付け加えた。

「同級生役の女優と二人でゆかたの衣装着て――」

「詳細《しょうさい》に言わなくていい」

「わあ、少女マンガの一シーンみたいだね……！　憧《あこが》れちゃうなあ」

嫌そうな幸とは対照的に、椋が目を輝かせる。

「そうか？　線香花火はちまちましててあまり面白くはなかった」

「テンテン、ロケット花火はねー、ドカーンって爆発《ばくはつ》しちゃうんだよ～ん！」

一成が大げさに両手を広げながらそう説明してやると、天馬が怯んだように後ずさりした。

「何!?」

「そうそう、それで中から爆竹《ばくちく》が飛び出して来て、頭の上に降ってくんの」

幸が適当な調子で言葉を続ける。

（バイオレンスすぎる……！）

事実とは多少どころかかなりかけ離《はな》れた説明に、いづみは内心突っ込みながらも言葉には出さなかった。

「危険極《きわ》まりないじゃないか！」

「爆竹警報〜爆竹警報〜」

焦《あせ》って花火から距離を取ろうとする天馬の周りを、三角が楽しそうにぐるぐると回り始める。

「ちょっと、みんな——」

明らかに天馬をからかっている様子を見て、椋がたしなめようとするが、一成はさっさと地面に立てたロケット花火にライターを近づけた。

「それじゃ、点火するよー」

「ま、待て！　まだヘルメットの準備が——」

天馬が慌てたように両手で頭をガードする。

「3、2、1……ゴー！」

「ゴー！」

一成と三角の掛《か》け声《ごえ》で、ロケット花火に点火された。音を立てて火花が噴《ふ》き出す。

「おい！　全員伏せろ！　頭をガードしないと危ないぞ！」

とっさに頭をかばい、その場にしゃがみ込む天馬を見て、幸が噴きだす。

「天馬くん、大丈夫だよ。ほら、見て」

「危ない！　爆竹が——ん？」

椋に促されてロケット花火に目をやった天馬が動きを止める。

地面から十数センチくらいの高さまで噴き出す火花の中から、時折ポンッという軽い音を立てて頭上に小さな花火が舞《ま》い上《あ》がっていく。

「ごめんご！　爆発ってのはじょーだんでした！」

「信じるとか……ぷぷ」

「お前ら……！」

悪びれなく謝る一成と笑いをこらえ切れない幸を見て、天馬が拳《こぶし》をわなわなと震わせる。

その様子を見ていたいづみは、思わず笑い声をあげた。

「はい、もう一発～！」

一成がそう言いながら、もう一本ロケット花火に火をつける。

「たーまや～！」

三角の声と同時に、暗くなり始めた夜空に小さな花火が弾《はじ》けた。天馬がそれを見上げて、憮然とした表情を浮かべる。

「まったく……普《ふ》通《つう》の花火じゃないか」

「当たり前じゃん」

幸が小ばかにしたような口調で告げると、花火を見つめていた椋がふと目を細めた。

「……なんだか修学旅行みたいだね」

「ああ、そんな感じかもな。オレ、行ったことねーけど」

天馬の言葉に、一成が意外そうな顔になる。

「え？　そうなの？」

「芸能活動が忙《いそが》しくて、学校行事はオールキャンセルだった」

「へー。さすが売れっ子」

幸が素っ気なくそう言うも、一成はわずかに表情を曇《くも》らせた。

「ちょっとさびしーね」

「オレも行ったことない～。旅行費？　みたいなの出なかったし」

天馬に続いて手を上げた三角を、椋が驚いたように見つめる。

「え、そうなんですか」

「……三角って前から寮に住み着いてたみたいだけど、家、帰ってんの？」

幸がさりげない様子でたずねると、三角はあっさりと首を横に振った。

「ううん、全然～」

特に含みがある風でもないものの、詳《くわ》しいことは何も言わない三角に、誰もそれ以上たずねようとはしなかった。

（複雑な事情があるのかな……）

いづみもそう思ったものの、口に出すことはなかった。

「じゃ、テンテンとすみーは行けなかった分、思い出いっぱい作ろうね～ん。オレらトモダチちゃんだしさ！　修学旅行みたいなもんでしょ！」

一成が明るくそう告げると、三角がふにゃりと笑う。

「かず、てんま、トモダチ～！」

「オレは別に同じ劇団っていうだけで、まだ友達とかじゃ……」

どこか照れたようにそっぽを向く天馬をよそに、一成がまた花火の入ったビニール袋の中をあさり始める。

「じゃーん！　親愛の証《あかし》に一発！」

「あ、ネズミ花火！」

一成が取り出した花火を見て、椋が懐かしそうに声をあげた。

「なんだそれ」

「足元をバチバチ火花を散らしながら縦横無尽《じゆうおうむじん》に攻撃《こうげき》していく花火」

天馬の問いかけに、幸が淡々《たんたん》と答える。

「ふん。また、大げさに言ってるんだろう」

さすがに二度目はだまされないとばかりに、天馬が小さく鼻を鳴らす。

「今回は特別にこれを十個つけちゃう！」

一成はそう告げるとネズミ花火をまとめて地面に置いた。

「ちょ、そんなテレビショッピングみたいな——」

「やば。退避《たいひ》」

いづみと幸がそそくさとその場から距離をとる。

「3、2、1……」

「もう、だまされないからな」

みんなが慌てたように花火から離れていく中、天馬は一人カウントダウンを悠々《ゆうゆう》と聞いていた。

「点火！」

「ゴー！」

一成と三角の声が重なって、大量のネズミ花火の先端《せんたん》が赤く燃え上がる。と、同時にくるくると回転しながらあちこちに散らばり始めた。

「ぎゃあああ！」

数が多く、近くにいる天馬は逃《に》げ場《ば》がない。慌てふためいてその場で大きく足踏《あしぶ》みをする。

「だから言ったのに」

「あぶ、危ないだろ！　なんだこれ!?」

安全地帯であきれたようにつぶやく幸に、天馬が非難の声をあげる。

THREE THREE THREE

「あははは！　やべー！」

「きれー！」

「あわわわ！」

一成と三角がきゃっきゃと歓声《かんせい》をあげて足元のネズミ花火から逃げ回り、椋も近くまで追ってきた花火から慌てて逃げ始める。

「誰か、これを止めろ！」

「ムリ言うな」

天馬の悲鳴に冷静に幸が突っ込み、いづみが笑い声をあげた。

（みんなすっかり打ち解けた感じだな。合宿に来て良かった……）

年相応の無邪気《むじゃき》な様子で盛り上がる夏組のメンバーたちを見て、いづみはそっと目を細めた。


花火の後の夕食を終え、入浴を済ませたメンバーたちは全員部屋に集合していた。

広い洋室の大部屋は人数分のベッドが置かれていてもまだ余裕がある。簡素とはいえソファセットも備え付けてあり、大きな窓からは心地《ここち》良い風が吹き込んでいた。

「は～、いい湯だった。建物はぼろいけど、お風呂《ふろ》だけはいいよね」

「うん、気持ち良かったね」

ほんのりと頬を上気させた幸と椋が、タオルを手にソファに座り込む。

大浴場は寮の三倍くらいの大きさがあり、メンバー全員で入ってもまったく窮屈《きゅうくつ》ではなかった。

「湯船がさんかく～」

三角が満足げに微笑むと、椋が思い出したようにうなずく。

「そういえば、そうでしたね」

「さすが三角星人」

幸がほめているのかいないのか、そんな声をかけると、天馬がすくっと立ち上がった。

「それじゃ、寝る前に軽くミーティングやるぞ」

「はいはい」

幸が返事をすると、一成がスマホを片手に小さく手を挙げる。

「あ、ちょっと待って。いま大事なとこだから」

「なんだ？」

「オケ！　送信完了《かんりょう》～！」

一成のスマホにはSNSメッセージアプリのLIMEの画面が映し出されている。

「カズくん、何を送ったの？」

「カントクちゃんへのＬＩＭＥ！」

椋の質問に一成が笑顔で答えると、天馬が首をかしげた。

「ミーティングの話か？」

「ううん〜。ほら、これ！」

スマホのＬＩＭＥ画面を見せられた天馬が、表示されているメッセージをたどる。

「『ほかいま〜風呂上がりなう！』に湯上がりスタンプ……？　これのどこが大事なことなんだ！」

天馬が思わず突っ込むと、幸もあきれたような目つきで一成を見た。

「そんなの送って何の意味があるのさ」

「たららったら〜ん！　カズナリ・ミヨシ、秘伝の恋愛《れんあい》テクその二十五！」

唐突《とうとつ》に効果音付きで一成が両手で二と五を示した。

「二十五ってムダに多いね」

「百五十まであるよ〜！」

幸の突っ込みに一成がそう答えると、椋がわずかに目を見開く。

「そんなにあるんだ……!?」

「で、その二十五とやらはなんなんだ」

　天馬が投げやりに問いかけると、一成は得意げに口を開いた。

「風呂上がりっていうメッセを送って、自分の風呂上がりのセックシ～な姿を相手に想像させちゃうんだよ。そうすると、ついつい異性として意識しちゃうってわけ！」

「なるほど……！　さすがカズくん！」

「そうなんだ～」

　椋が尊敬のまなざしで一成を見つめれば、三角もなるほどと言わんばかりにうなずく。

　一方、天馬と幸はやれやれといった様子で肩をすくめていた。

「くだらん」

「あほらし」

「ささ、みんなもレッツトライ！」

「え！　で、でも、そんな、恥ずかしいよ……」

　一成の呼びかけに、椋がまんざらでもない様子でためらいがちにスマホを取り出す。

「やってみる～」

「やるのか!?」

　椋に続いてあっさりとスマホを操作し始める三角に、天馬が驚いたように声をあげる。

「オレはパス」

　盛り上がる一成たちを横目に、幸は興味ないとばかりにソファに沈《しず》み込んだ。

「いいから、いいから！　座学と実践《じっせん》はセット！　これ学びの鉄則でしょ！」

「それは、たしかに……」

一成の言葉に、天馬が妙《みょう》に納得したようにうなずく。

「何のせられてんの」

「ほらほら、ゆっきーも早く」

幸があきれていると、一成は幸のスマホを取り出してＬＩＭＥを起動し始めた。

「ちょ、勝手に送るな！」


夕食を終えて部屋に戻ったいづみは、今日の稽古の記録をメモ帳に書き込み、一息ついていた。テーブルの上のメモ帳を閉じると、ソファに体を沈める。

いづみの部屋は天馬たちの部屋より二回りくらい小さいものの、八畳《はちじょう》ほどはあり、一人で使うには十分な広さだった。

（さてと、そろそろお風呂に入ろうかな。みんなもう出た頃だよね）

時間を確認しようとスマホを取り出すと、タイミングよくＬＩＭＥの受信音が鳴る。

「ん？　ＬＩＭＥだ」

『ほかいま～風呂上がりなう！』

一成のプロフィールアイコンの横にメッセージが表示されていた。

（あ、お風呂出たんだ。ちょうど良かった）

『私もこれから入るとこ。おやすみ～』

いづみはすぐに返信すると、スマホを置いた。

（それにしても、二泊三日の合宿ももう終わりか。あっという間だったな……）

そんなことを考えながらお風呂の準備をしようとした時、再びＬＩＭＥの受信音が聞こえた。

「ん？　またＬＩＭＥ？」

『ほかいま～お風呂あがりました！』

今度は椋のアイコンの横にメッセージが浮かんでいる。

（椋くんも一成くんと一緒に入ったのかな）

そんなことを考えていると、立て続けに受信音が鳴った。

『ほかほか！　なう！』

今度は三角からだ。

「う、うん？」

連続するお風呂の報告に戸惑《とまど》っていると、またもや受信音が響く。

『おい、風呂あがったぞ』

天馬のアイコンと共にメッセージが浮かび上がっている。

(な、なんだろう、この亭主関白《ていしゅかんぱく》な夫から言われてるみたいなＬＩＭＥ……)

首をひねるのと同時に受信音が鳴る。

『ほかいま！　オレの風呂上がり、見たい～？　エッチ！』

幸のアイコンに並んでいるメッセージを読んで、思わずいづみは二度見してしまう。

(キャラがおかしいよ……!?)

幸のメッセージ内容もおかしいが、ここまで同じ内容のメッセージが並ぶこともおかしい。

「それにしても、なんでみんな急にお風呂上がりの報告してきたんだろう……」

いづみは首をかしげながら、なんと返事したものかとスマホをぼんやり眺めた。

「今日の稽古についてはこんなもんか。何かあるか？」

いづみへのＬＩＭＥでひとしきり盛り上がった後に行われたミーティングの最後に、天馬がそう声をかける。

「ミーティングとか、意外に真面目だよね」

ぼそっとつぶやいた幸に、天馬が目を向ける。

「なんだ？」

「……なんでもない」

「なければ、以上。ミーティング終わり」

天馬はそう言い切ると、さっさと部屋の入口へ向かった。

「電気消すぞ」

スイッチに手をかけて声をかけると、メンバーたちが各々自分のベッドへと潜《もぐ》り込む。

「おやすみ～」

「おやすみ」

「おやすみなさい」

三角に続いて幸、椋と挨拶をすると、天馬が電気を消した。

真っ暗になった部屋の中に、つかの間の静寂が訪《おとず》れる。わずかに開けた窓の隙間《すきま》から、虫の音《ね》だけが聞こえてきた。

「……ねぇ」

ややあって、小さく一成が声をかける。

「……どうしたの？」

「……みんな今彼女いる？」

椋が返事をすると、唐突にそんなことを言いだした。

「え!?」

「むっくんは？」

ぎょっとする椋に、一成が軽くたずねる。

「い、いないよ！」

「みんなはー？」

「そんなヒマはない」

「こんな稽古漬《づ》けだったら、いても振られるでしょ」

素っ気なく答える天馬に、幸が続ける。

「いないかも～？」

「あいまいですね……！」

三角の返事に、椋が色々想像してしまったのかそんな言葉をかける。

「意外～。みんな、いないんだね～。今度合コンいこっか！」

「え！　ボク、合コンなんて、行ったことない」

一成の誘いに、椋は慌てたように答える。

「楽しいよ～！」

「オレも行く～」

三角が手を挙げると、天馬が口を開く。

「オレは──」

「テンテンは来るなら鼻眼鏡で変装しないと大騒《おおさわ》ぎだね～」

「なんで鼻眼鏡限定なんだよ！」

一成の言葉に、天馬が突っ込む。

「ゆっき～も来る？」

「行かない」

いつも通り、幸は取り付く島もない。

「え～。ゆっき～かわいいからモテるよ！」

「ちなみに、変な想像されると困るから先に言っとくけど、オレの恋愛対象女子だからね」

幸が念を押すようにそう告げると、椋や一成があっさりうなずいた。

「幸くん、男らしいもんね」

「カン違いした奴《やつ》は返《かえ》り討《う》ちっしょ」

「……驚かないんだ」

幸が心底意外そうにつぶやく。今まで散々《さんざん》誤解を受け続けた故《ゆえ》の驚きなのかもしれない。

「言われなくとも、お前はオレの対象外だ」

「聞いてないし！」

断言する天馬に、幸がすかさず言い返す。

「てか、カントクちゃん、カレシいるのかなあ。いなかったら立候補したい」

一成が寝返《ねがえ》りを打ちながら、何気なくつぶやく。

「カントクさんは素敵《すてき》な方ですよね」

「オレも立候補する～！」

椋や三角が一成に同意すると、幸が横やりを入れた。

「三角星人は三角定規と結婚《けっこん》してなよ」

「カントクさんのこと、時々さんかくに見えることある～」

「眼科行け」

「どこをどうしたらサンカクに見えるんだよ！」

どこまでも真面目に素《す》っ頓狂《とんきょう》なことを言う三角に、幸と天馬が同時に突っ込む。

「カントクさん、どんな人が好みなんだろう」

「春組の真澄はどうなんだ」

椋の言葉に、天馬が答える。

「あー、あのサイコストーカーね」

「やべー、あれは強力なライバルっしょ～」

幸が合宿の出発時を思い出したのか、わずかに顔をしかめながらつぶやき、一成も軽い調子で続いた。

「ますみはこの前、さんかくくれたから～カントクさんゆずる」

「監督安いな」

あっさりと立候補を取りやめる三角に、幸があきれたような表情を浮かべた。

そうして一成が発端《ほったん》となって始めた、合宿や修学旅行の定番ともいえる恋愛話は夜が更《ふ》けるまで続けられた。


次の日の朝、稽古場に入ったのはいづみが最後だった。

「みんな、おはよう！」

元気よく声をかけるが、返事がなかなか返ってこない。

「……はよ」

ようやく返ってきた幸の声はけだるげで、その横では三角が寝息《ねいき》を立て、一成が大きなあくびをしている。

「おはようございます……」

「……眠《ねむ》い」

椋も眠たそうに目をこすり、天馬も目を開けているのが辛《つら》いと言わんばかりに、まばたきを繰り返していた。

「ど、どうしたの⁉　枕《まくら》合わなかった？」

いづみが慌てたようにたずねると、幸が意味深なため息をつく。

「ちょっとね……」

「男子会で盛り上がりんぐ～」

「だ、男子会……？」

一成の返事に、いづみが首をかしげる。

（まあ、仲良くなれたみたいで良かったかな？）

いづみはそんなことを思いながら、合宿最後の稽古を開始した。

第4章 明日からオレは！

『教えてくれ、シェヘラザード！　幻《まぼろし》の楽園オアシスはどこにあるんだ!?』

『では今宵《こよい》も語りましょう。昔々とある国に……』

『前置きが長い！　三行で！』

『アラジン、魔法のランプ、魔法使い』

『行ってくる！』

通し稽古《げいこ》の様子を見つめていたいづみは、満足げにうなずいた。

合宿を終えて寮《りょう》に帰ってきた後は、通常のスケジュールに戻《もど》っていた。しかし、稽古《けいこ》の雰囲気《ふんいき》も、芝居《しばい》の内容も合宿の前とは段違《だんちが》いに良くなっている。

（……うん、いい感じだな。合宿でみんなの心の距離《きょり》が近づいたのが大きな要因かも。そろそろ次のステップアップを考えた方がいいかもしれない）

そう考えたいづみの頭に浮かんだのは、一人の人物の顔だった。

（となると、やっぱり、あれしかないよね……）

翌日の夜の稽古を始めようとした時、稽古場には珍《めずら》しく来訪者があった。

「おう、夏組《なつぐみ》始動したって？」

軽く手を挙げてずかずかと入ってきたのは、顎髭《あごひげ》を生やした壮年《そうねん》の男だ。

「雄三《ゆうぞう》さん！　来てくれたんですね」

「ちょうど時間ができたからな」

いづみが喜びと驚《おどろ》きが入り混じった声で迎《むか》えると、雄三がにやりと笑う。

鹿島《かしま》雄三はかつて、初代ＭＡＮＫＡＩカンパニーの春組《はるぐみ》に所属していた劇団員だ。今は演劇学校などで後進の指導に当たっていることもあって、支配人を通じて新生春組の指導を頼《たの》んだのだが、今回の夏組の指導も二つ返事で引き受けてくれた。

「雄三……？」

「誰《だれ》、あのおっさん」

「やべー、ヤクザじゃね？」

天馬《てんま》が首をかしげ、幸《ゆき》と一成《かずなり》がいぶかしげに雄三を見つめる。

「あのおじさん、どっかで見たことある～」

面識のない夏組メンバーが戸惑《とまど》う中、三角《みすみ》だけが、そんなことをつぶやいた。

「知り合いか？」

天馬の質問に、あいまいに首をかしげる。

「さんかく仲間〜？」

「なんだそれ」

天馬があきれていると、いづみが雄三を誘《いざな》って夏組メンバーたちの前に立った。

「みんな、紹介するね。初代春組の劇団員で今は芝居を教えてる鹿島雄三さん。春組も稽古してもらって、夏組も引き続き見てもらうことになったの」

「咲也《さくや》が言ってたのはこいつのことか……」

いづみの説明を聞いて、天馬は思い出したようにつぶやいた。

「それじゃあ、一旦《いったん》通し稽古で見てもらおう」

「さて、お手並み拝見といこうか」

雄三がパイプ椅子《いす》を引き寄せてどっかりと座り込む。いつもならば、その尊大《そんだい》な態度に反感をもちそうな天馬も、今回ばかりは真剣《しんけん》な表情で夏組メンバーの顔を見回した。

「……お前ら、気を引き締《し》めてやれよ」

「なんで？」

「いいから」

不思議そうな幸にそう念押しすると、幸も不承不承《ふしょうぶしょう》ながらうなずいた。

「は〜い」

三角が元気よく片手を挙げる横で、椋《むく》が胸をそっと押さえる。天馬の言葉で、プレッシャーを感じたのだろう。

「な、なんかドキドキするね」

「ま、今までどーりやろーよ！」

一成は椋を元気づけるように、肩《かた》を叩《たた》いた。

「はい、冒頭《ぼうとう》から！」

いつになく緊張感《きんちょうかん》が漂《ただよ》う中、通し稽古が始まった。


大きなミスもなく最後まで通し終えた後、いづみは恐《おそ》る恐る雄三の顔を覗《のぞ》き込《こ》んだ。

「……どうでしょう？」

腕《うで》を組んだままじっと空《くう》をにらみつける雄三は、さっきから一言も言葉を発していない。

そのまましばらく沈黙《ちんもく》した後、ようやく口を開いた。

「まあ、春組よりかは多少ましか」

雄三の言葉で、いづみがほっと息をつく。そのタイミングを見計らったかのように、雄三は先を続けた。

「でも、まっっったく笑えねえ。コメディ劇としては致命的《ちめいてき》だな」

「は？」

力の込もった雄三の言い方に、幸がカチンときたのか眉《まゆ》をひそめる。

「特に主役のアリババ。笑いってもんをまったくわかってねえ」

雄三に名指しされて、天馬の眉がぴくりと上がった。

（雄三さんの指摘《してき》は相変わらず手厳しい……天馬くん、大丈夫《だいじょうぶ》かな）

「……どういう意味だ？」

いづみの心配をよそに、天馬は反発するでもなく不貞腐《ふてくさ》れるでもなく、低い声でたずねた。

「間《ま》、だよ。間。くそ真面目《まじめ》すぎんのか、経験のなさか、お前の間はドラマ寄りだ」

「間、か……」

考え込むように天馬が顎《あご》に手を当て、視線を落とす。

「漫才《まんざい》でも見て研究しろ」

「わかった」

雄三のアドバイスをすんなりと受け止めて、うなずいた。

（案外素直《すなお》だな。芝居に関することは、謙虚《けんきょ》に受け止めるタイプなのかも）

いづみは内心意外に思いながらも、天馬を見直した。

「次、シェヘラザード。細部が甘《あま》い。準主役の自覚をもて。アリババと吊《つ》りあってない」

続けて指摘を受けた幸が、嫌《いや》そうに顔をしかめる。

「……ポンコツ役者みたいなこと言うし」

「その次、アラジン。役の解釈《かいしゃく》が甘い。へらへらこなすだけでなんとかなると思うなよ」

「やべ～！　テンテン以上にきびし～！」

幸に続いて一成も、雄三の指摘を天馬の指摘と比べる。しかし、二人ともそこまで落ち込んでいる様子はなかった。

「シンドバッド」

「は、はい！」

びくりと椋が大きく肩を震《ふる》わせる。

「動きも声も小さい。他の奴《やつ》らと比較《ひかく》して悪目立ちしてる」

「す、すみません……。やっぱりボクはチビでマメな米粒《こめつぶ》なんですね……」

椋がぶつぶつと自虐的《じぎゃくてき》なのかなんなのかわからない発言をしながら、うつむく。

「後半悪口じゃないし」

あきれたように幸がつぶやくと、三角が首をかしげた。

「お米～？　おにぎりおいしいよ～」

「豆もおいしいじゃん！　むっくん、元気出せ！」

三角に続いて一成もそう励《はげ》ますと、椋がわずかに表情を和《やわ》らげた。

「最後に魔人《まじん》。悪くねえが、もうちっと場を締《し》める役割もこなせ」

「ふ～ん」

最後に指摘を受けた三角も、言葉の意味がわかっているのかいないのか、気の抜けた返事をした。

雄三は一通り言い終えると、険《けわ》しい表情のまま夏組全員の顔を見渡《みわた》した。

「全員、まだまだ客の前に出られるようになるには程遠《ほどとお》いレベルだ。初日までになんとかしねえと恥《はじ》かくぞ」

真剣な声は、それが脅《おど》しでも何でもないことを表していた。

「……終わったら反省会だな」

天馬が表情を引き締めてそう告げると、予想通りとばかりに幸や一成がうなずく。

「はいはい」

「お、どこに集まる？　オレ、飲み物差し入れするよ」

一成の発言に椋が続く。

「じゃあ、ボクはドーナツ持っていこうかな」

「オレはおにぎり～」

「女子会ノリやめろ！」

お茶でもするようなメンバーたちの会話に、天馬がたまらず突っ込んだ。

(相変わらずの雄三さん節《ぶし》だけど、夏組は天馬くんで慣れてるからか、へこむことはなさそうだな。天馬くん効果でメンタルがきたえられたのかも……)

雄三の指摘でお通夜《つや》のような雰囲気になっていた春組のことを思い返しながら、いづみは妙《みょう》に感心してしまう。

「ったく、全然こたえてねえな」

雄三もいづみと同じ心境だったのか、あきれたような面白《おもしろ》がるような口調で笑った。

「夏組もなかなか面白い素材が揃《そろ》ってるみたいだな。初代を思い出す」

「初代夏組も変人ばっかってこと？」

雄三に幸がたずねると、天馬が幸を見つめる。

「お前含《ふく》めてか」

「はあ？　アンタのことでしょ」

「みんな変だよね～」

仲裁《ちゅうさい》するように三角が二人の間に割り込むと、天馬と幸の視線が同時に三角に向けられた。

「お前が言うな！」

「アンタが言うな！」

見事にハモる。

「まあまあ、すみーはサンカク好きなだけだし！」

「さんかくはさんかくだからさんかく好き～」

一成のフォローに、三角がうなずく。

「意味がわからん」

「三角っていう名前だから、サンカクが好きってことじゃないかな」

天馬が切り捨てると、椋が考え考えそう口にした。

「むく、大当たり～！」

「えへへ」

三角にえらい、えらいとほめられて、椋が照れ笑いを浮かべる。

そんなやり取りをじっと見ていた雄三が、不意に口を挟《はさ》んだ。

「お前、三角って名前なのか？　珍しいな」

「オレは、斑鳩《いかるが》三角だよ～」

「イカルガ……？」

三角の苗字《みようじ》を聞いて、雄三が眉をひそめる。

「……まさかな」

しばらく考え込んだ後、緩《ゆる》く首を横に振った。

「どうかしましたか？」

「いや、なんでもない」

いづみが雄三の様子を見て不思議そうにたずねたが、雄三は何も答えなかった。

その夜、談話室で開かれた恒例《こうれい》の夏組ミーティングは、いつもよりも長く時間がかかっていた。

「今日の稽古については以上。他に何かあるか？」

進行を務めていた天馬がそう声をかけると、幸が小さく手を挙げる。

「はい」

「なんだ？」

「衣装《いしょう》、ポンコツ役者の分だけできた」

そう言いながら、持っていた袋《ふくろ》の中から衣装を取り出す。

「いい加減、そのあだ名やめろ！」

「裾合《すそあ》わせするから、着てみて」

声を荒《あら》らげる天馬にかまわず、幸が衣装を広げて見せた。

「って、これ……」

「幸くんが作ったの⁉」

絶句する天馬の横で、椋が驚《おどろ》きの声をあげる。

「きらきられ〜！」

「すげー！　かっけー！　実物見ると、クオリティやべーよ、ゆっきー！」

「すごいな……」

三角や一成が歓声《かんせい》をあげれば、天馬もいつもの憎《にく》まれ口《ぐち》を引っ込め、素直にほめる。

アラビア風のゆったりと胸元《むなもと》が開いた上衣に、たっぷりとした膨《ふく》らみのある下衣のズボンはひざ下できゅっとすぼまっている。羽織り物に施《ほどこ》された金の刺繍《ししゅう》が、光沢《こうたく》のある夜空のような濃紺《のうこん》の生地《きじ》によく映《は》えた。頭に巻くバンダナも羽織り物と揃いの布で、胸元のアクセサリーも含め濃紺と金で統一されていた。

「うーん、まだまだ調整が必要だ」

衣装の細部を眺《なが》めながら、幸が小さくつぶやく。

「お前……こんなの、いつの間に作ってたんだよ」

天馬が呆然《ぼうぜん》としたようにたずねる。幸が衣装作りをしているところなど、同室なのにほとんど見たことがなかった。

「稽古の後にちょっとずつ」

「稽古の後……!?」

驚いたように目を見開く。夜の稽古はミーティングを含めるといつも遅《おそ》くまでかかる。その後に衣装作りをしているなんて天馬には信じがたかった。

「すごいね、幸くん！」

「オレ、稽古が終わったら即寝落《そくねお》ちっす〜」

「ボクも」

椋が感心したように言うと、一成も後に続く。

「ゆき、えらい」

「別に」

三角のほめ言葉にも、幸は衣装から目を離《はな》さずに素《そ》っ気《け》なく答えた。

「あ、そーだ！　オレも公演のキービジュ作った！」

ふと一成が思いついたように声をあげると、スマホを取り出した。

「見て、見て！　これ、どうよ⁉」

そう言いながら、一枚の画像を表示させる。

アラビアンナイトの世界をそのまま表現したかのようなエキゾチックなビジュアルには、夜の闇《やみ》と星の光、それにきらびやかな宝石や黄金がちりばめられていた。

「これを……お前が？」

画像を目にした天馬がぽかんと口を開ける。以前、素人《しろうと》が衣装やデザインを担当するなんてと言っていただけに、その驚きはひとしおだっただろう。

「すごい！　かっこいい！」

「ゆきの衣装といっしょ～。きらきら～」

椋と三角が口々にほめると、一成が得意げに笑う。

「イイ感じっしょ⁉　ゆっきーがいっぱい相談に乗ってくれてさ～」

そう言いながら、一成が幸の肩を叩く。一成の言う通り、ビジュアルの砂漠《さばく》の夜と星の表現は、衣装の濃紺と金の色合いとぴったりマッチしていた。

「ねえ、マジでオレらナウでやばたんなデザインユニット組まない？」

「組まない」

「安定のゆっきー……！」

一成ががっくりとうなだれていると、天馬はじっと一成と幸を見つめた。

「……やるじゃん、お前ら」

ぼそりとそうつぶやく。

「は？　当たり前じゃん」

「やたー！　テンテンにほめられちった～！」

天馬の言葉に幸が小さく鼻を鳴らすと、一成はうれしそうに微笑《ほほえ》んだ。

夜稽古中、稽古場のドアに背中をもたれてひっそりとたたずむ人物に、その場にいる誰一人気づいていなかった。

「はい、じゃあ今日はここまで。みんな、復習しといてね」

その日の稽古メニューを終えて、いづみが夏組のメンバーたちを集合させる。

「お疲れー」

「おつおつ！　なー、みんな、これからカラオケ行かね？」

一成がそう声をかけるが、天馬も幸も首を横に振った。

「断る」

「忙《いそが》しい」

「二人とも、冷たい！」

一成が悲しげに眉を下げると、三角が元気よく手を挙げる。

「オレ、行く～」

「ボクもいいですよ」

続いて椋もにこっと微笑む。

振った。

「そんなものに行く暇《ひま》あったら、発声練習しろ」

あきれ交じりに天馬がそう言うと、すっかり機嫌《きげん》を取り戻した一成が片手をひらひらと
「ほんと!?」

「カラオケも発声練習みたいなものじゃーん」

「じゃあ、全曲早口言葉な」

「難易度高《たか》！」

天馬の要求に、一成がわずかにのけぞる。

その様子を無言のままじっと見つめている人物がいることに、夏組メンバーもいづみも
いまだに気づいていなかった。しかし――

「動物園か……」

不意に聞こえてきた低い声に、いづみが驚いたように振り返る。

稽古場のドアの前には、古市左京《ふるいちさきょう》が立っていた。

金髪《きんぱつ》に黒ずくめの服装で、見るからにカタギではないとわかる鋭《するど》い眼光がフレームの細い眼鏡《めがね》の奥《おく》に見て取れる。

劇団が背負った巨額《きょがく》の借金の債権者《さいけんしゃ》である左京は、今までにもこうして前触《まえぶ》れもなくふらりといづみたちの前に現れることがあった。

「いつからいたんですか⁉」

いづみが目を丸くしていると、左京はあきれたように片眉《かたまゆ》を上げる。

「さっきからずっと稽古を見ていたが？」

（全然気づかなかった……）

啞然《あぜん》としているいづみと左京を見比べて、天馬が眉をひそめる。

「誰だ、あのヤクザ」

「今度は初代夏組じゃない」

「初代はみんなヤクザみたいな人ばっかりなのかな……？」

投げやりに答える幸に、椋がわずかに怯《おび》えた表情でたずねる。

「やべー、ＭＡＮＫＡＩカンパニーって実はヤクザなんじゃね？　オレもちゃっかりヤクザデビュー？」

一成は怯えるどころか、うれしそうにチンピラ風のポーズを取っている。

「おい、何をこそこそしてる？」

左京がドスを利《き》かせて、遠巻きに自分を眺《なが》めている夏組メンバーをにらみつける。と、いづみはメンバーたちをかばうように、左京に一歩近づいた。

「何しに来たんですか？」

「きちんと借金を返してもらえるのか確認しにきただけだ。この分だと、厳しそうだがな」

左京がバカにしたように鼻を鳴らすと、いづみがむっとした表情になる。

「公演なら、ちゃんとやります」

「春組の千秋楽《せんしゅうらく》はまぐれだ。一度もそれが通用すると思うなよ。一度はＭＡＮＫＡＩカンパニー復活の名目《めいもく》で大目に見てくれた客も、二度目となればそうはいかないからな」

左京が淡々《たんたん》と告げる。いづみはとっさに言い返そうとしたものの、口をつぐんだ。

左京の言うことは正論だった。春組と夏組では、観客の心構えからして違う。自然と春組以上のものが求められることは、いづみにもわかっていた。

「そもそも、劇場存続のためには……どうたらこうたら……」

いづみが黙《だま》り込むと、左京がとうとうと劇団経営に関するうんちくを語り始める。

（また始まった……）

古市左京という男は、顔を合わせれば収益アップのためのノウハウを長々と語っていく。

「何このヤクザ、コンサルタントか何か？」

「相談役みたいなもんか」

幸と天馬が左京の話を聞き流しながら、素性《すじょう》についてあれこれ推測する。

「でも、借金がどうのとか言ってたし、取り立てじゃないのかな……」

「やべー！　本物のヤクザの取り立て！　初めて見た！」

「しゃきしゃき借金～」

椋が考え考え口にすると、一成と三角が楽し気《げ》に騒《さわ》ぎ立てる。その間も左京のレクチャーは続いていた。

「継続的《けいぞくてき》な広報展開を……うんたらかんたら……」

(これ、いつまで続くのかな……)

いづみは半分聞き流しながら、別のことに考えを巡《めぐ》らせ始めた。

(そうだ。夏組のあそこの演出どうしようかな……)

「ファンサービスが……どうのこうの……」

(アクションシーンは雄三さんにも相談して……)

「……以上のことを意識するのが重要だ。いいか、わかったな」

(みんなのコンビネーションも良くなってきたから、あのシーンももう少し派手に……)

「おい、聞いてるのか」

いづみがぼーっと頭上を見つめていると、左京が眼鏡のフレームを軽く押し上げた。その拍子《ひょうし》に目元のホクロがあらわになる。

「――は、はい！　わかりました！」

いづみが慌《あわ》てたように返事をすると、左京が満足げに小さく鼻を鳴らした。

「わかればいい」

(半分以上聞いてなかった……)

いづみが内心そう思っていたことに、左京はまったく気づいていなかった。

夕食を終え、談話室で各々《おのおの》団らんの時間を過ごしていた時、大きめの紙袋を抱《かか》えた一成が談話室に入ってきた。

「はいはい、みんな、ちゅーもーく！」

「何？」

「どうしたの？」

ソファに座っていた幸と椋が一成の方を見つめる。

「じゃじゃーん！」

一成が紙袋から取り出したのは、黒い大きな電子機器だった。キッチンから顔を覗《のぞ》かせた支配人が声をあげる。

「あ！　それは……！」

「何それ」

「デッキか？」

幸と天馬が首をかしげると、一成が自慢《じまん》げにうなずいた。

「8ミリビデオデッキ～！」

「あ、もしかして、この間の夏組のビデオテープの!?」

いづみがピンときた様子で指をさす。

「ういうい。オレの友達でこういうの集めてる奴がいてさ、貸してもらった！」

「へー。これがビデオ？」

「なんだかレトロでいいね」

幸と椋が興味深げに覗き込む。最近のＡＶ機器に比べるとぶ厚く大きいところや、見慣れないビデオテープの挿入口《そうにゅうぐち》が、幸たちにとっては新鮮《しんせん》に感じるのだろう。

「すけっち、ビデオのセットよろ！」

「はい！」

一成に声をかけられて、いそいそと支配人がテレビとデッキをケーブルでつなぎ始める。

「じゃ、電気消すよー」

電気が消されると、自然とテレビの前のソファにいづみや夏組メンバーが集まった。全員座れるようにと、間隔をつめて座る。

「そんじゃ、スタート！」

一成が再生ボタンを押すと、間もなく乱れた画像がテレビに表示された。

すぐに映像は滑《なめ》らかになるが、古くてテープがすり切れているのか、時折ノイズのようなものが混じる。

テレビに映し出されていたのは、どこかの部屋だった。手持ちで映しているのだろう、画像がぶれるせいで場所の判別がつきにくい。

「あ！　これ、稽古場じゃね⁉」

一成が一番に声をあげると、幸がうなずいた。よくよく見ると、現在の稽古場と窓の位置やレイアウトが一緒《いっしょ》だということがわかる。

「今も昔のまんまだね」

「懐《なつ》かしい……」

しみじみと支配人が目を細めてつぶやく。

ビデオには、初代MANKAIカンパニーの稽古の様子が記録されていた。劇団員たちに、監督《かんとく》らしき男が指示をしている姿が見える。

「あれ？　この人……」

「初代の監督か？」

椋と天馬の言葉に、いづみがはっと息をのむ。

「なんか、この人監督に似てない？」

幸が首をかしげると、いづみが小さくうなずいた。

「お父さんだ……」

「え⁉　カントクちゃんのパピー⁉」

「親子二代で監督やってんだ」

一成と幸が驚いたように声を漏《も》らすが、いづみはテレビの中の父の姿にくぎ付けだった。いづみの父、立花幸夫《たちばなゆきお》は初代MANKAIカンパニーを立ち上げた後、謎《なぞ》の失踪《しっそう》を遂《と》げている。いづみがこの劇団を訪れたのも、父の行方《ゆくえ》を捜《さが》すためだった。

(お父さん、すごく楽しそう……夏組の団員も生き生きしてて……)

幸夫が団員に演技のアドバイスをして、それに団員が軽口を返し笑い声があふれる。どこか緩く和《なご》やかなムードの中でも、団員たちの演技の上手さは際立《きわだ》っていた。

「……やっぱり、うまいな」

「面白いし」

じっと稽古風景に見入っていた天馬と幸がぼそりとつぶやくと、椋もうなずいた。

「支配人が言ってた初代夏組の良さがわかる」

映像の中ではコミカルな芝居が繰《く》り広げられている。稽古の段階でも、そのクオリティの高さがわかった。

幸夫は決して声を荒《あら》らげることはなく、穏《おだ》やかに団員たちの芝居を見つめ、適宜《てきぎ》指示を出している。それもあくまでも提案といった形で、押し付けることは決してなかった。けれど、団員たちは真摯《しんし》に幸夫の言葉の一つ一つを受け止めていた。

少ないやり取りの様子からも、幸夫の人柄《ひとがら》や、団員たちから信頼《しんらい》され慕《した》われていたことが伝わってくる。

（お父さんがこんな風に稽古してたんだって思ったら、なんか涙腺《るいせん》がゆるむ）

瞬《まばた》きもせずにじっと幸夫の姿を追っていたいづみの目が、じわりと潤《うる》んだ。

「……はい」

不意に、いづみの隣《となり》に座っていた三角が何かを差し出した。

暗がりの中、いづみが手探《てさぐ》りで受け取ると、薄《うす》いとがった三角形のプレートだった。

（……これ、三角定規？）

「さんかくあげるから、泣かないで」

テレビの明かりに映し出された三角が微笑んでいるのが、いづみにも見て取れる。

（三角くんが持ってたからか、なんだかあったかい……）

ぬくもりが伝わってきて、自然といづみの口元が緩んだ。

「……ありがとう」

「えへへ～」

いづみが微笑むと、三角も柔《やわ》らかに微笑み返した。

いつの間にか、映像は舞台上《ぶたいじょう》での稽古風景へと変わっていた。カメラの位置は固定されて、舞台の上を動き回る団員やスタッフたちの姿が映し出されている。

「これが夏組か……」

天馬がしみじみとつぶやくと、支配人がうなずいた。

「……見ている人にたくさんの笑顔《えがお》と元気を与える、胸躍《むねおど》るコメディが初代夏組のウリでした」

「……でも、この人たちみんないなくなっちゃったわけでしょ」

幸が低くつぶやくと、椋も視線を落とした。

「こんなに楽しそうにお芝居《しばい》してるのに」

「なんか、そう考えてみると、さびしーっていうか」

「しんみり〜？」

一成も三角も、映像の中の初代夏組の姿がどこまでも楽しげだった分、誰もいなくなってしまった現在との落差にさびしげな表情を浮かべる。

「……オレたちはそうならないだろ」

天馬が小さく、しかし確たる自信を秘めた口調で告げると、一成や幸がはっとしたように天馬の顔を見つめた。

「……ま、千秋楽が埋《う》まらなければ解散だけどな」

らしくないことを言ったと思ったのか、慌てて天馬が付け加えると、一成がにっと笑いながら天馬の肩を叩いた。

「オレもそうならないと思うよ、テンテン」

「オレも〜！」

三角も勢いよく手を挙げて同意する。

「まあ、ならないいんじゃない」

「うん、大丈夫だよ！」

幸も椋もそれに続く。自然と夏組メンバー全員の視線が絡《から》み、誰からともなく笑った。

その様子を見ていたいづみは、まぶしそうに目を細めた。

（なんだか、うれしいな。最初の頃《ころ》とは比べ物にならないくらい、メンバー同士のきずなが感じられる。この子たちはきっと大丈夫。初代夏組みたいにバラバラになったりしない……）

そう思いながら再びテレビに目を向けた時、いづみの視線が一点で止まった。

（あれ？　あの男の子……誰かに似てるような……）

画面の端《はし》に映り込んだ少年の姿を凝視《ぎょうし》する。

見学者なのか、壁《かべ》を背に一人立っている少年は、立ち働く団員やスタッフのジャマにならないように、じっと団員たちの姿を目で追っていた。時折団員たちが声をかけていく様子から、顔見知りの関係だとわかる。

（あのホクロ、もしかして――）

いづみは何かを思い出したかのように、目を見開いた。

週末の昼過ぎ、稽古場の壁には見慣れない白い布がかかっていた。

「はい、みなさんこっちに集まってくださーい！」

支配人の呼び声で、次々と本番用の衣装をまとった夏組メンバーが稽古場に入ってくる。

「……ぴったりだな」

自分の姿を稽古場の大きな鏡に写して、天馬がつぶやく。

「ど、どうかな？」

「悪くないんじゃない」

自信なげに椋が幸にたずねると、幸は自ら作った衣装の出来栄《できば》えに満足げにうなずいた。

椋のシンドバッドの衣装は、柔らかな生成色《きなりいろ》の上下と揃いの布の頭巾《ずきん》、それに斜《なな》めに薄《うす》紅色《べにいろ》の大きなストールをかけるもので、椋の優しげな印象にぴったりと合っている。

「ゆっきーも似合う！」

一成が幸を見て小さく拍手《はくしゅ》を送った。

幸のシエへラザードの衣装は、紅一点ということもあってひと際華《きわはな》やかな印象だった。

淡《あわ》い緑の透《す》け感のある薄布をたっぷりと使い、短い上衣とズボン型の下衣も同系色でまとめられている。胸元の首飾《くびかざ》りや髪飾りなどの装飾品《そうしょくひん》が、動くたびにキラキラと光を反射して輝《かがや》いていた。

一方、一成のアラジンの衣装は青の上衣にたっぷりとしたストールをまとい、白い下衣との組み合わせが爽《さわ》やかなものだった。えんじ色のターバンと金糸の刺繍がアクセントとなっている。

「みんなひらひら、ぴかぴか～！」

そう微笑む三角の魔人の衣装は、白の上衣に刺繍を施した紫《むらさき》のベスト、水色の下衣に白い羽根付きのターバンを巻いた王道のものだ。えんじ色の腰布《こしぬの》はアラジンと似た色で、同じおとぎ話の登場人物というつながりを感じさせた。

「わあ、こうして衣装着て並ぶと壮観《そうかん》だね～」

ずらりと揃ったメンバーを見て、いづみが歓声をあげる。

「それじゃ、カメラマンさん呼んできますね！」

支配人がそう言って稽古場から出ていくのを見て、いづみは首をかしげた。

「あれ？　今回は支配人が撮《と》るんじゃないんだ」

「オレっちがNG出した！」

いづみの問いかけに、一成が答える。

「え？　そうなの？」

「春組のとき、写真の解像度が低すぎて、ごまかすの大変だったんだよ〜！　ゆっきーの衣装の良さもわかんないし！」

前回の春組公演の時から公式サイトやフライヤーのデザインを任されていた一成が、当時の苦労を語る。

元々、サイトからフライヤー、その他何から何まで支配人が担当していたが、そのクオリティはおおむね低かった。写真についても言わずもがなといったところだろう。

「そういえば写真小さかったね」

「あの解像度で印刷はムリっすわ〜」

いづみが納得《なっとく》したようにうなずくと、一成が苦笑いを浮かべる。

「お待たせしました！　カメラマンの伏見臣《ふしみおみ》さんです！」

戻ってきた支配人の声と共に入ってきたのは、大学生くらいの短髪《たんぱつ》の青年だった。

「……ども」

わずかに微笑みながら小さく頭を下げる。かなりの長身で、体格もがっちりしているが、見るからに温和そうだ。

「よろしくね！」

いづみが笑顔で迎え入れると、幸が両腕《りょううで》を組んで品定めするように臣を見つめた。

「大学生っぽいし、プロじゃないよね。なんか若いけど、大丈夫なの」

「中学生で衣装やってるお前が言うな！」

天馬が思わずといった様子で突っ込む。その会話を聞いていた臣は、怒《おこ》るでもなく笑い声をあげた。

「はは、たしかにプロじゃないよ。大学の写真部で、綴《つづる》に頼まれたんだ。でも、ちゃんと仕事はするからさ」

肩に下げた一眼レフカメラを少し持ち上げながら朗《ほが》らかにそう告げる臣を、幸がじろじろと無遠慮《ぶえんりよ》に眺める。

「ふーん」

「綴くんの友達だったんだ」

いづみがなるほど、とうなずいていると、臣も小さくうなずき返した。そして、撮影用《さつえいよう》に壁にかけられた白い布の前に立つ。

「それじゃ、まずは全体写真から撮ろうか」

臣の撮影は手慣れていて、全体写真から個人の写真とスムーズに進んでいった。カメラの前で最初は勝手のわからなかったメンバーたちも、臣の声がけでポーズを付けていく。

「――よし、と。一応画面でチェックしてくれるかな」

最後の三角の写真を撮り終えた臣がカメラの液晶《えきしよう》画面を示すと、すぐさま夏組のメンバーたちが臣を囲んだ。

「お、いい感じ～」

「いいね～！　きらきら～！」

「みんな、かっこいい！」

一成や三角、椋が一枚一枚に歓声をあげる。

「まあ、こんなものじゃないか」

仕事で撮影にも慣れている天馬は、自分の写真にざっと目を通すとそう告げた。

「写真使いまくって、サイトリニュしちゃお」

「ただの写真部のくせに、結構ちゃんと撮れてるじゃん」

一成が素材用の写真を見繕《みつくろ》い始める横で、幸も感心したようにつぶやく。

「はは、良かった。それじゃ、データは後で送るから」

「よろ！」

幸の物言いに気を悪くする様子もなく臣が微笑むと、一成が軽く手を挙げた。

「ありがとう、お疲《つか》れさま！」

カメラを片づけ始める臣にいづみが声をかける。と、臣は思いついたようにあ、と声をあげた。

「帰りにちょっと劇場の方、見てもいいですか？」

「劇場？　もちろん。それじゃ、案内するよ」

臣の申し出に首をひねりながらも、快くうなずく。

「すみません」

いづみは臣を伴《ともな》って、寮から少し離れた劇場へと向かった。

ＭＡＮＫＡＩカンパニーの専用劇場であるＭＡＮＫＡＩ劇場は、天鵞絨《ビロード》駅から伸《の》びる演劇の聖地、ビロードウェイの端っこに位置している。外観は古く、一時は借金のかたに取《と》り壊《こわ》される寸前だったが、新生春組公演の成功のおかげでなんとか首の皮一枚つながった。

いづみは舞台の裏手に続く扉《とびら》を開けて舞台袖《そで》に上がると、臣をステージの中央へと案内した。

「へえ……舞台って、実際に立つと結構広いんですね」

感心したように臣が辺りを見渡す。

「お芝居に興味があるの？」

「……ああ、はい。っていっても、正確には俺じゃないんですが……」

臣がそう言いながら、わずかに視線を落とす。その口元には何故《なぜ》か自嘲《じちょう》的《てき》な笑みが浮かんでいた。心なしかその表情が沈《しず》んで見える。

「友達が芝居やってるとか？」

「あ、いや……そうじゃないんですけど……でも、そんなもんですかね。とりあえず、今後の参考のために見とこうかなと……」

あいまいに答えて微笑む臣を、いづみが不思議そうに見つめた。

（何か事情があるのかな……）

そんな風に感じながら、嚙《か》み締《し》めるように舞台の上をゆっくりと歩き始める臣を見つめる。

そして、思いついたようにポケットから一枚のチケットを取り出した。

「あ、せっかくだから、これどうぞ」

「え？　チケットですか……？」

チケットには夏組公演の題目『Ｗａｔｅｒ　ｍｅ！　～我らが水を求めて～』の文字が書かれている。

「今日のお礼もかねて、千秋楽のチケット。よかったら観《み》に来てね」

「ありがとうございます」

いづみがチケットを手渡すと、臣は笑顔で受け取った。

その翌々日の夕食の時間、ダイニングテーブルには何日かぶりにカレー以外のメニューが並んでいた。

今夜の食事当番である綴特製の唐揚《からあ》げは、大皿に山盛りになっていたのがあっという間になくなっていく。

「ごちそうさまでした」

「ごちそうさま」

満腹になったお腹《なか》をさすりながら椋が箸《はし》を置くと、幸も一息つく。

「一成は？」

天馬がふとテーブルについているメンバーを見渡しながら、そうたずねた。

「呼んだんだけど、やることがあるって」

「ごはん食べてないね～」

椋と三角がそう答えると、幸が口を挟《はさ》む。

「またLIMEでもやってんじゃない」

「後で、ごはん持ってってあげようか」

いづみがそう告げた時、タイミング良く談話室のドアが開いた。

「できたよ～！」

一成がそう言いながら、ノートパソコンを掲《かか》げて見せる。

「何？」

「MANKAIカンパニー公式サイト2！」

いぶかしげな幸に、一成が誇《ほこ》らしげに答えた。

「あ、サイトリニューアルしたの!?」

「早……」

いづみも幸も驚いたように目を見開く。臣から素材の写真が届いたのはつい先日だ。

「見て見て！」

そう言いながら一成が示した公式サイトのトップページには、全員の集合写真が表示されていた。

「トップ一面の写真がインパクトありますね……！」

「でしょ～！」

椋が感心したように言うと、一成が勢い良くうなずく。

「衣装の雰囲気とあってる」

「へっへ～！」

幸の言葉に得意げに笑う。サイトのデザインは、衣装に合わせて濃紺と金を基調に作られていた。全体的に夜のイメージだ。

「さんかく窓！」

三角が各出演者の写真と名前を縁取《ふちど》る三角形の窓を指差す。

「そこはすみーのため！」

「わ～い！」

一成の言葉に、三角がうれしそうに笑った。

「んじゃ、問題なければこれで公開っと――」

一成がノートパソコンを閉じようとした時、ずっと黙っていた天馬が口を開いた。

「……サイトにオレの写真と名前は載《の》せないでくれないか」

「へ⁉」

「え、どうして？」

一成と椋が同時に首をかしげる。

「どうしてもだ」

「テンテン、なんか事情アリ～？」

眉根《まゆね》を寄せる天馬の顔を一成が覗き込む。

「主演の写真と名前載せないとか意味不明」

幸が至極《しごく》真っ当な指摘をすると、天馬はややためらった後、答えた。

「今回の芝居は……今までのオレの実績に頼《たよ》りたくない」

「テンテンの名前出せば、ソッコー千秋楽ＳＯＬＤＯＵＴなのに～」

一成が軽い調子で告げると、天馬が首を横に振る。

「そういうのは……なんか、違うだろ」

「は？　いつもオレ様天下の天馬様って言ってるくせに」

「いつ言った⁉」

幸の言葉に、天馬が突っ込む。幸としては態度がそう言っていると言いたいのだろうが、天馬にその自覚はまったくなかった。

「まあ、天馬くんがそう言うなら」

「うんうん、いいと思うよ～」

椋と三角が天馬の意向に同意すると、一成や幸もうなずいた。

「じゃあ、残りのチケットはみんなで協力して売り切ろう！」

いづみも反対することなくそう告げると、天馬はわずかに申し訳なさそうな顔になる。

「悪いな」

「楽はできないってことか」

「よし、トモダチみんな呼んじゃうよん！」

幸や一成の言葉をきっかけに、その後の話題はチケットを売り切る方法へ移っていった。


夕闇《ゆうやみ》に沈む平日のビロードウェイは、夜の公演を待つ人々でごったがえしている。仕事帰りや学校帰りに観劇に訪れる人が駅から流れ込んできて、それを当てにしたビラ配りやストリートACTをする劇団員たちで、ストリートはにわかに活気を帯びていた。

その一角に、私服姿の幸と椋の姿があった。

「MANKAIカンパニー公演近日上演開始～」

「『Water　me！　～我らが水を求めて～』アラビアンナイトモチーフのお話です！　よろしくお願いします！」

声を張り上げながら、道行く人にフライヤーを手渡す。本格的にチケットを売り切ることを考え、今日の稽古の時間はビラ配りをすることに決まったのだ。

「よろしく～」

「チラシどうぞ！」

「MANKAIカンパニーでーす」

幸の前を通りかかったOLらしき女性は、同行者と話しながら無造作にフライヤーを受け取った。

「あっちでGOD座《ゴッドざ》がストリートACTやってるって！」

「丞《たすく》と晴翔《はると》いるかな!?」

「行こ！」

二人組のOLが足早に去っていく。

「……なんだろう？」

「さあ」

二人の様子を見ていた椋と幸が首をかしげた時、甲高《かんだか》い歓声が辺りに響《ひび》き渡った。

「きゃー！　晴翔ー！」

声のした方を見ると、人だかりができている。

『クリスティーヌ……闇にとざされた私の世界のただ一つの光……』

晴翔と呼ばれた小柄《こがら》な青年が片膝《かたひざ》をついて、頭上に手を掲げる。

『去れ！　ファントム！　お前の世界は闇の底だけだ！』

大柄《おおがら》な青年が前方に手を伸ばし、一喝《いっかつ》する。張りのあるその声はざわつくビロードウェイでもよく通り、人々の注目を集めた。

「丞、かっこいい！」

「晴翔～！」

観客たちの黄色い歓声が二人を包む。

「GOD座公演『オペラ座の怪人《かいじん》』よろしくねー」

役を脱《ぬ》ぎ捨《す》てた晴翔がにこっと笑って手を振ると、女性客が一人、地面においてある袋に投げ銭を入れた。

「絶対行くからね！」

そう告げる女性客に、晴翔が恭《うやうや》しく手を差し伸べる。

「……お嬢《じょう》さん、お手を」

「え、え!?」

わけがわからないといった様子の女性客の手を取り、手《て》の甲《こう》に口づけの真似《まね》をする。

『クリスティーヌ……我《わ》が光……』

身をかがめて下から上目遣《うわめづか》いにセリフを言うと、女性客の顔が一気に赤く染まった。

「きゃああ！」

今にも卒倒《そっとう》しそうな勢いで悲鳴をあげる女性客と、にっこりと微笑む晴翔の姿を見て、幸が顔をしかめる。

「うわー……」

「かっこいい……少女マンガの王子様みたいだ……！」

幸とは対照的に、椋は女性客と同じようにほんのりと頬《ほお》を上気させて、その光景を見つめていた。

「ああまでして媚《こ》び売らなきゃいけないのか……」

「幸くんってば。聞こえちゃうよ」

いつの間にか集まっていた観客たちも解散していた。そう距離のない位置では、幸のつぶやきも聞こえかねない。椋がたしなめた時、歩み寄ってくる足音がした。

「……ねぇ、今、この辺から悪口が聞こえたんだけど」

間近から晴翔の声が聞こえて、びくりと椋が肩を震わせる。

「気のせいじゃない」

幸はまったく動じずに、晴翔の刺々《とげとげ》しい視線を受け流した。

「何このチラシ。どこの劇団だよ？」

晴翔が目ざとく足元に重ねてあったフライヤーを見つけ、一枚手に取る。

「ふーん、ＭＡＮＫＡＩカンパニー？　全然知らなぁい。弱小のくせに何イキがってんの」

バカにしたように鼻を鳴らすと、晴翔はフライヤーをぽいっと足元に放った。幸は無表情のまま、それを拾い上げる。

「別に。あれだけ人気の劇団でも必死で客に媚《こ》び売らなきゃいけないんだって感心してたんだけど」

「あぁ!?」

晴翔の目が吊《つ》り上がる。今にも殴《なぐ》り掛《か》かりそうな勢いで晴翔が幸に詰《つ》め寄《よ》った瞬間《しゅんかん》、丞と呼ばれていた大柄な青年が晴翔の肩を押さえた。

「おい、晴翔――」

晴翔は肩を摑《つか》まれても退《ひ》かず、幸も怯《ひる》むでもなく晴翔をにらみ返す。

険悪な雰囲気を察した通行人たちが、二人にちらちらと視線を送った。

「ケンカ？　大丈夫かな？」

「人呼んでくる？」

そんなささやきの中、一人の男が近づいてきた。

「……なんの騒《さわ》ぎだ？」

腰の長さを越《こ》えるかという長髪《ちょうはつ》に、ベージュのスーツを着たやけに存在感のある男だった。声に振り返った晴翔が、わずかに目を見開く。

「レニさん……」

晴翔は小さくつぶやくと、慌てたように一歩下がった。

「うちの団員が何かした？」

レニと呼ばれた男にたずねられて、幸がぴくりと眉を上げる。

「うちの団員……？」

「GOD座の支配人の神木坂《かみきざか》レニです。晴翔が迷惑《めいわく》かけたかな」

「……いえ、別に」

あくまでも和やかに問いかけるレニに、幸は含みを持たせながらも首を横に振る。

「悪いね。ちょっと血の気《け》の多い子だから」

レニはそう謝《あやま》ると、幸と椋が持っているフライヤーに目を留《と》めた。

「君たちもビラ配り？　何やるの？」

レニの問いかけに、椋がフライヤーを一枚差し出す。

「あ、アラビアンナイトモチーフのお芝居で――良かったら、どうぞ」

「へえ、アラビアンナイトか……って、MANKAI、カンパニー……？」

フライヤーに目を通したレニの動きがぴたりと止まった。その目が驚愕《きようがく》に見開かれ、フライヤーを持つ手に力が込《こ》められる。

ぐしゃりとフライヤーを握《にぎ》り締《し》めた後、レニはためらいもなく二つに切《き》り裂《さ》いた。その表情は凍《こお》り付き、どこまでも冷ややかだ。

「え⁉　破って――⁉」

「……何こいつ」

渡したばかりのフライヤーがゴミくずのように地面に落ちるのを椋が呆然と見つめ、幸が眉をひそめて敵意をむき出しにする。

「……行くぞ、丞、晴翔」

レニは椋たちに視線をやることもなく踵《きびす》を返すと、歩き始めた。

「はい」

晴翔が慌ててレニの後を追い、丞も少しためらった後、椋たちに小さく頭を下げて去っていった。

「何あれ。団員も団員なら代表も代表だね」

その場に捨てられたフライヤーを椋と一緒に拾い上げながら、幸が吐《は》き捨《す》てるように言う。

「なんか、劇団の名前を見た途端《とたん》、態度が変わったような気がするけど……」

「弱小ってわかったからじゃない。性格悪《わる》」

「そうなのかなあ……」

椋はレニの態度を思い返すように首をひねった。

「さっさとビラ配っちゃおう。いつまでも終わらないし」

「あ、そうだね！」

フライヤーを拾い終えた幸と椋は、気を取り直すように再びビラ配りに戻った。

それから一時間、天鵞絨駅近くに場所を変えてビラ配りを続けていた二人の足元には、さっきのフライヤーの山はもうない。

「ＭＡＮＫＡＩカンパニーです！　よろしくお願いします！」

「近日上演開始ですー」

ビラ配りのノルマも残りわずかとあって、椋と幸の声にも自然と力が入った。

「あれ？　瑠璃川《るりかわ》？」

ふと幸の前で聖フローラ中学の制服を着た少年二人組が足を止めた。

「ほんとだ、瑠璃川じゃん！」

少年たちが確認するように幸の顔を無遠慮《ぶえんりょ》に覗き込んだ。幸は無表情だったものの、わずかに嫌そうに視線をそらした。

「お前まだ女の格好してんのかよ」

スカートをはいた幸の私服姿を指差して、少年の一人が揶揄《やゆ》するように口元をゆがめる。

「マジウケる。似合ってんじゃん」

「もういっそ性別変えちゃえば？」

「たしかに。名前を裏切らないよな～」

少年たちは意地悪く笑い合うと、幸の配っているフライヤーに目を止めた。

「で、何、女装カフェのビラ撒《ま》き？」

少年の問いかけにも、幸は黙ったまま答えない。

「ちょ、ちょっと、なんですか――!?」

見かねた椋が間に割って入ろうとするが、幸が首を横に振った。

「いいよ」

「幸くん……」

「あ、もしかして女装友達？」

少年の一人が椋を見て、からかうように告げる。椋はむっとしたような傷ついたような表情で口をつぐんだ。

「……女装カフェじゃなくてお芝居。演劇公演のチラシ」

幸は面倒《めんどう》くさそうにそう告げると、フライヤーを見せた。

「演劇？」

バカにしたような口調で繰り返す少年に、幸が一歩近づく。

『そう……今宵も語って聞かせましょう。めくるめく千の物語のその一つ……』

下から上目遣いに少年を見つめ、劇中のセリフをなぞる。シェヘラザードを演じる幸の瞳《ひとみ》はわずかに潤み、仕草も色っぽい。

一気に雰囲気の変わった幸を前に、少年たちは怯んだように息をのみ、のけぞった。

「な、なんだよ、急に」

憎まれ口も力なく、二人とも顔が真っ赤だ。

「……っていう感じのお芝居。はい、これあげるから、千秋楽絶対来てね？」

普段《ふだん》の調子に戻った幸がフライヤーを乱暴に押し付ける。

「へ、へー。演劇なら……」

「う、うん。女装カフェじゃないなら……」

少年たちはさっきとは打って変わった大人しさでフライヤーを一人数枚ずつ受け取ると、顔を見合わせた。

「アリ……」

「アリだな……」

うなずき合いながら去っていく少年たちに、幸はやる気なげに声をかけた。

「よろしく〜」

少年たちの姿が見えなくなると、幸が深くため息をつく。普段とは違って、疲れ切ったようなため息だった。

「幸くん……？」

椋が心配そうに幸の顔を覗き込むと、幸は一見いつもと同じ表情で空っぽの両手を差し出した。

「はい、終わり。チラシ全部はけたから帰るよ」

「う、うん！」

言うなりさっさと歩きだす幸を、椋が慌てて追いかけて横に並ぶ。

無言のまま日が暮れかけたビロードウェイを歩き続けると、建ち並ぶ劇場の数はどんどん減っていき、人もまばらになっていく。

寮のある静かな住宅街の道に入ると、椋が口を開いた。

「……幸くんは、やっぱりかっこいいね」

「はあ？　どこが？」

唐突《とうとつ》な言葉に、幸があきれたように椋を見る。

「さっきも……」

「さっきのはＧＯＤ座のファンサの真似しただけ」

幸はバツが悪そうにそっぽを向いた。

「うん、でもかっこよかった」

椋がそう言い切ると、幸は何も言わずに視線を地面に落とした。

「……すごく、かっこよかったよ」

繰り返す椋に、幸がおざなりに小さくうなずく。

「……ああいう時に堂々としてられるなんてさ、幸くんのかっこよさはボクの憧《あこが》れだよ」

「……もうやめろって。わかったから」

不意に幸が足を止めた。どこか泣きそうな表情で椋の言葉を遮り、唇《くちびる》を嚙み締める。

それ以上言われたら何かが堰《せき》を切って流れ出てしまいそうな、切羽《せっぱ》詰まった様子だった。

椋もそれがわかっていて、ただうなずく。そして、いたわるように幸の腕に触《ふ》れると、幸が椋の肩に頭をもたれた。

人と少し違った行動には、注目を集めるのと同時に批判を浴びるリスクが伴う。

ただ可愛《かわい》い服が好きだという理由でスカートでもなんでも構わず着続ける幸は、今までに何度もさっきのような目に遭《あ》ってきたのだろう。

幸の気の強さや毒舌《どくぜつ》は、そんな周囲の批判をはねのけるために身についたとも言えるかもしれない。

人の勝手な中傷を受けながらも、幸は自分の信条を曲げることはしなかった。そのことを椋はかっこいいと告げたのだ。そして、その上で、幸が何を言われても傷つかないわけではないこともわかっていた。

椋が幸の腕を優しく撫《な》でる。その温《ぬく》もりに促《うなが》されるように、幸の目から涙《なみだ》が一粒《ひとつぶ》こぼれ落ちた。

「……アリガト」

幸が小さくつぶやく。聞《き》き逃《のが》してしまいそうなか細い声だったが、椋の耳には届いていた。

「……うん。幸くん、お芝居、頑張ろうね」

ありのままの幸を受け入れてくれる椋やMANKAIカンパニーのメンバーたちとの関係は、幸にとって今までになく居心地《いごこち》のいいものだったに違いない。素直に自分の感情をさらけ出した幸の涙に、それが表れていた。

「……当たり前」

幸はゆっくりと顔を上げると、ようやくいつものように皮肉っぽく笑った。

週末の昼下がり、談話室でノートパソコンを覗き込んでいたいづみは、眉根を寄せて唸《うな》り声をあげた。

ノートパソコンのディスプレイには、日付と数字が並んだリストが表示されている。

「公演開始まであと一週間だけど千秋楽、まだ残ってるな……」

「一人十枚のチケットノルマって結構厳しいよね」

「いっぱいある〜」

幸と三角が横からディスプレイを覗き込む。

「三角星人はあと何枚残ってる？」

「ん〜と、八枚！」

「結構残ってるね」

幸が思案気に答えると、ダイニングテーブルの方から椋も移動してきた。

「三角さんは誰を誘ったんですか？」

「近所のおじいちゃんとおばあちゃん〜」

「年齢層《ねんれいそう》高いな」

幸がそう告げると、一成が横から口を挟《はさ》んだ。

「オレ、全部なくなったから、ゆっきーとすみーの手伝うよん！」

「全部!?　もうなくなったの!?」

「早いね！」

椋といづみが驚いたように声をあげる。

「トモダチいっぱい呼んじゃった！」

「さすがコミュ力高男《りよくたかお》」

「カズくんはトモダチ多いよね」

幸と椋が感心したように一成を見つめる。

「椋は？」

「あと三枚」

幸の質問に椋が答えると、一成がにっと笑った。

「結構はけてるじゃん」

「カントクさんに言われたように、陸上部の子たちを誘ったんです。みんな、来てくれるって」

「そっか……良かったね！」

「はい！」

椋がどこかすっきりしたような表情で微笑むのを、いづみもうれしそうに見つめた。

「ポンコツ役者は？」

一人ソファの端に座ったままずっと黙っていた天馬に、幸が水を向ける。

「……まだ残ってる」

天馬は視線をそらしたままぼそっと答えた。

「何枚？」

「何枚だっていいだろ」

「気になる」

幸の追及《ついきゅう》に、少しためらった後、視線を合わせないまま口を開く。

「……十枚」

「え⁉」

「一枚もはけてないの？」

椋も幸も驚いたように目を見開いた。

「しょうがないだろ！　名前を隠《かく》してるから、なかなか呼べる人間がいないんだよ！」

「自業自得《じごうじとく》なんだから、しっかりさばきなよ。っていうか、やっぱり芸能界にトモダチいないの？」

「やっぱりってなんだ！」

「まあ、そうだよね」

「まだ何も答えてないのに、勝手に納得すんな！」

あきれたような表情を浮かべる幸に、天馬が顔を赤くしながら反論する。

「早めにはけた人は、残ってる人手伝ってあげて。なんとか千秋楽売り切れるように頑張ろう！」

いづみが励《はげ》ますように声をかけると、一成が手を挙げる。

「はいは〜い。がんばっちゃうよん！」

「頑張りましょう！」

自分も協力すると言わんばかりに、椋も拳《こぶし》を握り締めた。

「そうだ〜。さんかくくじ、チケットのおまけにつけたら売れるかも〜」

「あ、それ、いいかも！」

三角の提案に、椋が目を輝かせる。

「景品は何にするんだ？」

「さんかくくじ自体が景品だよ〜。さんかく、もらえてうれしい！」

天馬の質問に三角がそう答えると、幸が小さくため息をついた。

「それで釣《つ》れるの三角星人だけだから」

幸の言葉に三角は首をひねっていたが、その場にいる誰もが同意見だったらしく、反論はなかった。

その夜の稽古はアリババとアラジンが魔人を呼び出すシーンから始まった。

『俺は魔人。三つの願いを叶《かな》えてやろう。主《あるじ》の願いは何だ？』

大蛇《だいじゃ》と魔法使いに追われてアリババとアラジンが悲鳴を上げる中、悠々《ゆうゆう》と魔人が現れる。

『ぎゃああ！　尻《しり》に火がついた！』

『見ればわかるだろ⁉　あの魔法使いと大蛇《だいじゃ》をなんとかして！』

いづみはそこで手を打って芝居を止めた。

「このシーン、前半の見せ場だから、もう少しアクションの要素を強めようと思うんだけど、どうかな」

いづみの提案に、天馬が腕を組んで首をかしげる。

「どうだろうな。前半だし、あまりドタバタしすぎるのも、メリハリがなくなると思う」

「でも、魔人の三角くんが活躍《かつやく》できるのはこのシーンだけなんだよね」

「だとしても、全体のバランスの方が大事だろ」

（うーん、たしかに天馬くんの言うことも一理ある……）

いづみは少し考え込むと、他のメンバーの顔を見回した。

「みんなはどう思う？」

「アクション多い方が飽《あ》きないし、入れた方がいいんじゃない」

幸がそう答えると、椋と三角がそれに続く。

「でも、アクションを入れると、その分お芝居の細かい部分が見えなくなるような気がします」

「オレ、アクションやりたい！」

「ふむふむ、なるほど。一成くんは？」

一通り意見を聞いたいづみは一成に水を向けた。

「んー、どっちもいい感じだし、とりまどっちでもうまくいきそー」

一成がへらへらと笑いながら答える。

「どっちかといえば？」

「うーん、どっちでもいいと思うよん！」

「どっちでも？」

一成の返事に、いづみは困った表情を浮かべる。

「……どっちか決めろ」

天馬が苛立《いらだ》ったように促すと、一成は首をかしげながら口を開いた。

「まあ、どちらかといえばアクション入った方がいい？　かな？　いやでも、入らなくてもよくなくもなくもない？　わかんね！」

首を左右にかしげながら、どちらともつかない意見を出す。

「なんだそれ」

「テンテンとカントクちゃんで決めちゃってよ！」

一成が笑いながらそう告げると、天馬が眉をひそめた。

「……はっきり意見言えよ！」

「いや、オレは本当にどっちもいいって思ってて……」

声を荒らげる天馬に、一成が困ったように笑う。

「へらへら笑って流してるだけだろ！」

「ごめ――」

一成の顔から笑みが消え、不自然にゆがんだ。

（そういえば一成くんって、ほめてはくれるけど、稽古場で自分の意見を主張したことがないような……）

いづみはそんなことを考えながら、仲裁するように口を開いた。

「とりあえず、アクションシーンについては保留にしよう。また意見があったら聞かせて」

いづみの言葉に、天馬が不満そうに鼻を鳴らし、一成は黙り込んだまま視線を落とした。

その夜、部屋に戻ったいづみは机に向かうと、思案気に肘《ひじ》をついた。

（三角くんのアクションシーン、どうしようかな。難しいところではあるけど……）

あの後の稽古は一成がいつになく静かで、雰囲気もあまりいいとは言えなかった。そのことも、いづみの頭を悩《なや》ませる原因の一つになっていた。

小さく息をついて椅子に背をもたれた時、ノックの音がした。

「はーい」

「オレオレ！」

「一成くん？」

聞こえてきた声に少し驚きながら、ドアを開ける。

「おつピコちゃん！」

一成はいつもの調子で微笑むと、軽く片手を挙げた。

「お疲れさま。どうしたの？」

「じゃーん！　ポスターのデザインができたよん。試《ため》し刷《ず》りしたから、見て、見て！」

そう言いながら、ポスターを広げて見せる。

満天の星空と広大な砂漠を背景に、大きく主演の二人の写真と、出演者たちの写真が載っている。

「――わあ、すごい！　かっこいいね！　アラビアンな感じも出てるし、みんなの写真もいい感じだし。さすが、一成くん！」

「でしょ、でしょ！」

得意げな笑顔を浮かべる。

「さっそく明日、みんなにも見てもらおう！」

「だねー」

一成はうなずくと、何かを言いあぐねるように視線を落とした。その様子を見ていたいづみが、わずかに首をかしげる。

「一成くん、どうかした？」

「んー、カントクちゃんの部屋を見学中」

ごまかすように軽口を叩き、いづみの肩越しに部屋の中を覗き込む。

「ええ⁉　ちょっと⁉」

「って、そうじゃなくってさ……」

いづみが焦《あせ》っていると、一成はあいまいに首を横に振った。

「……カントクちゃんに、聞いてほしいことがあるんだ」

そう告げる一成の表情はいつになく真剣で、思い詰めたように見えた。

（一成くん、いつもと雰囲気が違う……）

「ちょっと待ってて」

いづみは一成を招き入れてそう声をかけると、部屋を出て談話室へと向かった。

キッチンでコーヒーを二人分淹《い》れてから、部屋に戻る。

「はい、コーヒー淹れてきたよ」

いづみがそう言ってカップを差し出すと、ソファに座って待っていた一成が笑顔を浮かべた。

「カントクちゃん、やさしー！」

いづみはカップを手渡しながら、一成の隣に腰を下ろす。

「それで、話って？」

「あー……昼の稽古のことなんだけどさ……」

言いづらそうに口を開いた一成の言葉の先を、いづみが代わりに続ける。

「もしかして、アクションシーンのこと？」

「ごめ、ほんとはちゃんと意見言おうかなって思ったんだけど、言えなかったんだよねー」

きまり悪そうに告げる一成に、いづみは気にすることはないと首を横に振る。

一成はいづみの反応に少しほっとしたような表情を浮かべ、手に持ったカップに視線を落とした。

「オレね、実は中学までガリ勉で、トモダチ一人もいなかったんだ」

「え？　そうなの？」

いづみが意外そうに聞き返す。今の一成のイメージとはあまりにもかけ離れている。

「そ。高校デビューで慌ててトモダチめっちゃ増やしたのはいいんだけど……多く作んなきゃって思ってるうちに、相手の欲しい言葉ばっかあげるようになってた」

じっとコーヒーに映る自らの影《かげ》を見つめたまま、一成がぽつりぽつりと話を続ける。

「前に、テンテンが合宿で言ったこと覚えてる？　誰にでもいい顔して、うすっぺらいトモダチ作ってるってやつ」

「ああ……天馬くんが謝った時だね」

夏合宿のことを思い出しながら、いづみがうなずくと、一成が自嘲的な笑みを浮かべた。

「あれ、図星なんだよね。数は多くても本音で言い合えるようなトモダチっていないと思う。いつも、また一人になるのがこわくてさ、相手の言うことを否定しないようにしてたんだよね」

「そうだったんだ……」

人当たりの良い一成は、決して相手を傷つけるようなことは言わない。察しが良く、相手の感情に人一倍敏感《びんかん》であるが故《ゆえ》、自分の意思を押《お》し隠《かく》してでも、雰囲気が悪くならないように明るく振《ふ》る舞《ま》ってしまう。

ただ、その場限りの付き合いをするならそれで良くても、一成の真意がわからなければ深い付き合いには発展しない。

一成自身それがわかっていても、一人ぼっちの過去に戻ってしまうという恐怖《きょうふ》から態度を改めることができなかったのだろう。

「でも、カントクちゃんとか夏組のみんなと稽古してるうちに、それだけじゃダメなのかなって思うようになった。みんなとは、うすっぺらいカンケーなんて嫌だし、もっとちゃんと深いところで繋《つな》がりたいって思ったんだよね」

一成はそこまで言うと、顔を上げていづみを見つめた。

「うん……きっと、みんなもそう思ってるよ。天馬くんも、だから怒ったんじゃないかな」

天馬も以前であれば、一成の意見にあそこまでこだわらなかっただろう。ずっと仲間としてやってきたからこそ、また、そのデザインセンスを含め一成自身を認めているからこそ、本心を明らかにしないことに苛立ったのだ。

「だねー。テンテン、するどいからさ。バレちゃってんだよ」

参ったというように一成が笑うと、いづみも微笑みながらうなずいた。

「本音が言えるようになるといいね」

今まで浅い関係で満足していた一成が、夏組のメンバーと向き合おうと思えたのは、天馬を始めとしたメンバーたちが一成と正面から向き合ってきたからこそだろう。

今の一成に必要なのは再び一人になるという恐怖心を乗《の》り越《こ》えるための、ほんの少しの勇気だ。いづみにもそれがわかっているからこそ、多くは語らず励ますように声をかける。

一成は少し黙り込んだ後、すっかりぬるくなったコーヒーを一気飲みした。そして、勢い良く立ち上がると、気合いを入れるように拳を握り締める。

「――っし」

いづみが急に立ち上がった一成を不思議そうに見上げると、一成はにっと笑ってみせた。

「オレ、明日から変わるから！　見てて、カントクちゃん！」

「――うん」

すっかり表情の明るくなった一成の顔を見て、いづみがほっとしたようにうなずく。

「コーヒーありがと」

「どういたしまして」

一成はいづみの分のカップも受け取ると、ドアの方へと歩き始めた。

「んじゃね。カントクちゃんに惚《ほ》れ直してもらえるように、がんばるから！」

「え？」

「おやすみー」

一成はひらひらと手を振ると、呆気《あっけ》にとられた表情のいづみを残して部屋を出ていった。

「惚れ直すって……」

一成の言葉を反芻《はんすう》して、いづみが戸惑《とまど》いの表情を浮かべる。

「そもそも惚れてないよ、一成くん……！」

いづみの渾身《こんしん》の突っ込みが、廊下《ろうか》を鼻歌交じりに歩いている一成に届くことはなかった。

「それじゃあ、今日は昨日の続きで一幕から――」

翌日、いづみが稽古を始めようとした時、一成がすっと手を挙げた。

「あー、あのさ。すみーのアクションシーンについて、ちょっといい？」

「うん、どうぞ」

一成の意図を察したいづみが一歩下がって、一成を前へと促す。

一成は少し緊張した面持《おもも》ちで前に出ると、夏組のメンバーたちに向き直って口を開いた。

「今回って旗揚《はたあ》げ公演だし、なるべく団員の個性を出した方がいいと思うんだよね。あいさつ代わりって意味でも、魔人役のすみーには派手に動いてもらった方がいいと思う」

一成が昨日と打って変わってはっきりと自分の意見を告げるのを、天馬はじっと黙ったまま見つめていた。

「なるほど……」

「たしかに、旗揚げ公演っていうのは大事かも……」

「顔覚えてもらって、ファンになってもらわないといけないし」

いづみに続き、椋と幸もうなずく。

「オレ、がんばる～！」

三角もうれしそうに両手を挙げた。

「で、バランスについては他のシーンを調整すればいいんじゃないかな～っと！」

「うん、たしかに！」

いづみが同意すると、一成はうかがうように天馬の方を見た。

「……テンテン、どーかな？」

「……そうだな。それならいいと思う」

じっと黙って聞いていた天馬が一つうなずく。それを見て、一成がわずかに息をのんだ。

「じゃあ、その方向で考えてみるね！」

いづみがうれしそうに告げると、天馬は一成ににやっと笑ってみせた。

「ちゃんと自分の意見言えるじゃないか」

「さっさと言えばいいのに」

幸も天馬に続き、一成が照れたように笑う。

「そだね！」

一成の表情は晴々としていて、うれしそうだった。それを見ていたいづみもほっと息をつく。

(良かった。これで、きっと、もっとみんなの距離が近づく)

「よし、それじゃあ、アクション入れるシーンの練習から始めよう！」

いづみがそう声をかけると、一成の元気のいい返事が返ってきた。

第5章 学芸会の記憶

夜の稽古《けいこ》を終えたいづみは、一成《かずなり》の一件を思い返しながら夏組《なつぐみ》メンバーと共に談話室へ向かっていた。

一成が自分の意見を言うようになって以来、稽古中の議論が活発になった。メンバーたちが天馬《てんま》の指摘《してき》をただ受け止めるだけでなく、それぞれが能動的に考えてより良い方向へと向かおうとするようになったおかげで、以前よりも稽古がはかどるようになり、結果的に全体の完成度も上がっていた。

(一成くんの意見って、意外と論理的だから、参考になるんだよね)

いづみがそんなことを考えながら廊下《ろうか》を歩いていると、不意《ふい》に玄関《げんかん》の方から声が聞こえてきた。

「あ、あの、ごめんください」

小走りに談話室を通り過ぎて、玄関に出る。

「はい? どちら様ですか」

ドアの前で所在なげに立っていたのは、きっちりとしたスーツ姿の男だった。

「あの、いつもお世話になっております。私、皇事務所《すめらぎじむしょ》の井川《いがわ》と申します」

そう頭を下げる井川につられていづみも頭を下げる。

「皇事務所……？」

何かひっかかったように首をひねった時、いづみの後ろから夏組メンバーたちが顔を覗《のぞ》かせた。

「何、お客さん？」

「めずらしいね」

幸《ゆき》と椋《むく》が物珍《ものめずら》しそうにそう言えば、興味《きょうみ》津々《しんしん》といった様子の一成と三角《みすみ》がそれに続く。

「誰《だれ》、誰～？」

「しらない人～」

「……井川？」

最後に現れた天馬が来訪者の姿を見て、驚《おどろ》いたように名前を呼んだ。

「あ、天馬くん！」

注目を集めて居心地《いごこち》の悪そうだった井川が、ぱっと顔を上げる。

「天馬くんのお客さん？」

「マネージャーだ」

いづみが問いかけると、天馬があっさりとうなずいた。

（あ、そうか。皇事務所って天馬くんの事務所だったんだ）

ようやくさっきの違和感《いわかん》の理由に思い至って、納得《なっとく》する。わかりやすくも、事務所名は天馬の苗字《みょうじ》を冠《かん》している。

「井川、ここには来るなと言ってあっただろ」

天馬が威圧的《いあってき》に両腕《りょううで》を組んで眉《まゆ》をひそめると、井川は焦《あせ》ったようにうつむいた。

「し、しかし……」

「しかしもかかしもない！　早く帰れ」

さっさと追い返そうとする天馬に、井川はすがるように声をかけた。

「ま、待ってください！　ご両親に劇団のことがバレてしまったんです！」

「……何？」

さっと天馬の顔色が変わる。同時にいづみが口を挟《はさ》んだ。

「ちょっと待って!?　バレたって、そもそも私、ちゃんと連絡したよね？」

入団の時に電話をしたはずだといづみが主張すると、天馬はさりげなく視線をそらした。

何も言わない天馬の顔色をちらちらとうかがいながら、井川が代わりに口を開く。

「いえ、ご両親に入団のことは伝えておりません」

「だって、留守電に入れて……」

「あ、あれは私の番号です。天馬くんに口止めされまして……」

「ちょっと、天馬くん⁉」

いづみが責めるように天馬を見ると、天馬はそっぽを向いたままだった。

「……両親がいない間は、井川が保護者代わりみたいなものだから、問題ないだろ。どうせ、海外にいる時は連絡なんてつかないんだから、いないも同然だ」

淡々《たんたん》と告げる天馬に、井川が首を横に振る。

「それが、お父様が帰国なさっているのです」

「父さんが……？」

天馬がいぶかしげな表情を浮かべると、井川は言いづらそうに先を続けた。

「今回の舞台《ぶたい》のために映画のオファーを断ったことを知って、『ショボい舞台より映画を優先しろ』とのことです……」

井川の言葉に、天馬が拳《こぶし》を握《にぎ》り締《し》める。

「何、勝手なこと……！」

「天馬くん、ご両親とちゃんと話さないとダメだよ」

いづみは怒《いか》りを隠《かく》し切れない天馬をなだめるようにそう告げた。

「ずっとほったらかしだったくせに、こんな時だけ口を出すなんて」

「天馬くんが帰ってこないなら、直接ご自身が乗り込むと――」

父親の本気を知って、天馬が息をのむ。

「天馬くん」

いづみがそっと天馬の肩《かた》に手を置くと、天馬はふっと詰《つ》めていた息を吐《は》いた。気持ちを落ち着かせるように深呼吸をする。

「……わかった。一旦《いったん》家に戻る」

天馬の言葉を聞いて、井川がほっとしたような表情を浮かべた。そして、いづみたちへ深々と頭を下げる。

「……ということで、大変申し訳ないのですが、今回の舞台は代役を探していただくということで」

「ええ!?」

「ちょ、ちょ、テンテン降板《こうばん》!?」

「はあ?」

井川の発言に、ずっと黙《だま》って会話を聞いていた椋や一成、幸が目を丸くする。

「何言ってんだ!」

勝手に話を進めようとする井川を、天馬が怒鳴《どな》りつける。井川は困ったようにおろおろと視線をさまよわせた。

「しかし、お父様が……」

「もういい! オレが直接説得する」

天馬はそう告げると、シューズボックスから自《みずか》らの靴《くつ》を取り出した。

（天馬くん、大丈夫《だいじょうぶ》かな……）

このまま井川と共に父と会いに行くのであろう天馬を、心配そうにいづみが見つめる。

すると、その気持ちが伝わったのか、靴を履《は》いた天馬がいづみたちを振り返った。

「オレは絶対、お前らと舞台に立つ。待ってろ」

決意に満ちた声でそう告げると、椋と一成が感極《かんきわ》まったような表情を浮かべた。

「天馬くん……」

「テンテン……！」

「てんま、がんばれ～！」

三角が両手を握り締めて声援《せいえん》を送ると、天馬は一つうなずいて踵《きびす》を返した。

「井川、行くぞ」

「は、はい！　それでは失礼します！」

井川は何度かぺこぺこと頭を下げると、天馬と共に寮《りょう》を出ていった。

「……説得なんてできんのかね」

二人の後姿を見送った幸がぽつりとつぶやく。

「できなかったら降板だよ!?」

「テンテンいなくなったら、誰が主役やんの!?」

幸の淡々とした物言いに、焦《あせ》ったように椋と一成が答える。

「オレ、やる～」

「魔人《まじん》どうすんの！」

三角がのんびりと手を挙げると、一成が驚いたようにたずねた。

「うーんと、うーんと、分身する！」

「やってみれば」

幸があきれたように言うと、三角が両手を組んで忍者《にんじゃ》のまねごとをし始める。

「にんにん……！」

「ってか、分身できるなら、テンテン分身すればいいんじゃね⁉」

「そっか～！」

そんな話をする三角と一成を見て、幸が小さくため息をついた。

「できないから」

くだらない話をしながらも、メンバーたちの表情には心配の色が隠せない。いづみとて、それは同じだった。

（本当に降板なんてことになったら、どうしよう……）

天馬は今回の公演の主演であり、いまやリーダーとして夏組の要的《かなめてき》な存在だ。代役を立ててどうにかなるというものではない。

ようやく夏組としてまとまりかけた矢先の出来事に、いづみは顔を曇《くも》らせた。

その夜、夕食を終えても夏組のメンバーは談話室から離《はな》れようとしなかった。一見いつも通りのようで、どこか落ち着かないそわそわした空気が流れている。

お風呂《ふろ》から上がったいづみが談話室へ入ると、ぱっと椋が顔を上げた。

「カントクさん、天馬くんから、何か連絡ありました？」

「ううん、何も」

いづみが首を横に振ると、椋が心配そうな表情を浮《う》かべる。

「どうなったんでしょう……」

いづみも思案気《しあんげ》に時計を見やった時、ソファでスマホを見つめていた一成が不意に声をあげた。

「ねぇ、ヤバい見てこれ！」

「何？」

一成が掲《かか》げたスマホの画面を、幸が覗き込《こ》む。

「テンテンのブログ！　ずっと更新《こうしん》止まってたんだけどさ、今日更新された！」

スマホの画面に映し出されたブログの内容を、いづみが読み上げる。

「タイトルが『劇団に入団しました』……？　これって……！」

「MANKAIカンパニーのことと、公演のことが書いてあるね」

いづみが驚いていると、ざっと目を通した幸がうなずく。

「出演することは隠すって言ってたのに……」

椋が不安そうな表情でブログの文字を見つめると、一成がぱちんと指を鳴らした。

「公表しちゃえば、出るしかないって思ったんじゃゃね？　ネットニュースでもトップにのってたし！」

「てんま、頭いい～」

三角も小さく拍手《はくしゅ》をするが、いづみの表情は晴れなかった。

「でも、このことをお父さんが知ったら――」

心配そうにそう言いかけた時、談話室のドアが勢いよく開いた。

「かかか監督《かんとく》、大変です！　天変地異の前触《まえぶ》れかもしれません！」

支配人が慌《あわ》てた様子で駆《か》け込んでくる。

「支配人？　今、それどころじゃ……」

「突然《とつぜん》、チケットの申込み予約が殺到《さっとう》して、あっという間に完売しました！」

いづみの言葉をさえぎって、支配人がそう叫《さけ》ぶ。

「完売……!?」

「十分程度で、残っていた席、全部SOLDOUTです！　千秋楽《せんしゅうらく》も満席です！」

支配人の言葉に、椋がはっとしたようにブログを指した。

「それって、もしかして、このブログのおかげ……？」

「間違《まちが》いないっしょ」

一成が深くうなずく。

「だから最初からこうしとけば良かったんだよ、あのバカ……」

「こんな騒《さわ》ぎになっちゃって、天馬くん、大丈夫なのかな……」

幸が半ばあきれたように告げると、椋が心配そうにつぶやいた。

（お父さんともめてないといいけど……）

チケット完売に喜びを隠し切れない支配人をよそに、いづみも考え込むように視線を落とした。

自然と天馬を待つように談話室に居座《いすわ》っていた夏組メンバーも、さすがに夜の零時を回ると明日の学校のことを考えて自室に戻っていった。

一人談話室に残っていたいづみは、着信のないスマホの画面を見つめ、そっとため息をついた。

（天馬くんから連絡こないな……一体どうなったんだろう。強引《ごういん》にブログで公開したんだとしたら、出演が認められたわけじゃないだろうし。チケットが完売しても、もし、降板なんてことになったら……）

不安が後から後からわいてくる。総監督《そうかんとく》であるいづみとしては、最悪の事態を想定してあらかじめ対応を考えなければいけないが、そう簡単に気持ちの整理はつかなかった。

と、その時、玄関から微《かす》かな物音がした。

ぱっといづみが立ち上がると、談話室のドアが開いて天馬が姿を見せる。

「天馬くん⁉」

「……ただいま」

そう告げる天馬はどこか疲《つか》れたような、それでいてすっきりしたような、複雑な表情をしていた。

「ただいまって、帰ってきたの⁉　お父さんとの話は⁉」

「おもいっきり殴《なぐ》られた……」

矢継《やつ》ぎ早《ばや》にたずねるいづみに、天馬が自分の頬《ほお》に触《ふ》れながらそう答える。

「ほ、ほんとだ！　頬、すごい腫《は》れてるよ⁉」

いづみは天馬の赤く腫れた頬を見て、慌てたように声をあげた。

「ちょっと待って！　今、冷やすもの持ってくるから！」

そう言って急いでキッチンに向かうと、濡《ぬ》れタオルと氷を持って戻ってくる。

「大丈夫……？」

ソファに座った天馬の頬にいづみがタオルをそっと当てると、天馬が大仰《おおぎょう》に顔をしかめた。

「つめて……」

「ちょっとガマンしてて」

そう告げると、天馬は大人しくされるがままになる。

「殴られたのって、勝手に劇団に入ったから？」

「いや、無断で映画のオファー蹴《け》ったから。それについては謝《あやま》って、その後真剣《しんけん》に話し合って説得してきた」

天馬はそこまで言うと、膝《ひざ》の上で握り締めた拳を見下ろした。

「……オレの役者人生において、この舞台は絶対に必要なステップなんだ」

「それって、舞台経験がないから？」

「それだけじゃない」

天馬は首を横に振ってしばらく黙《だま》り込んだ後、静かに口を開いた。

「……小学校の学芸会の時、生まれて初めて舞台に立ったんだ」

昔を思い出すかのように、天馬が遠くを見つめる。

「その頃《ころ》にはもう、子役として映画やドラマには出てたから、学芸会の舞台程度、なんてことないはずだった。それなのに、学芸会の本番で、頭が真っ白になってセリフが飛んだ。

オレは何も言えず棒立ちになって、舞台も客席も静まり返った。幕が下りるまでの十秒くらいの時間が、永遠にも感じられた」

そこまで言うと、自嘲《じちょう》するような笑《え》みを浮かべて目を伏《ふ》せる。

「仕事が忙《いそが》しかったからとか、体調が悪かったからとか、周りにフォローされたけど、あんな失敗は仕事でもしたことがない。初めて味わった屈辱《くつじょく》だった」

天馬の握り締めた拳に力が込められる。

「それ以来、舞台のオファーが来てもこわくて受けられなかった。舞台に立つだけで、あの時の気持ちがよみがえってくる」

「舞台だと緊張《きんちょう》しちゃうとか……？」

いづみがそうたずねると、天馬はわずかに首をかしげた。

「緊張というよりはこわい、臆病《おくびょう》なのかもしれない」

「こわい？」

「映画やドラマは、最高のカットが撮《と》れるまで何度でも芝居《しばい》に挑《いど》める。こだわりぬいた、完璧《かんぺき》で最高のオレだけを観客に見せられる。でも、舞台で自分が観せられる演技は、その時その時一度だけだ。学芸会の本番前、それを意識したら途端《とたん》に怖くなった」

「そっか……」

いづみは天馬の頬から濡れタオルを離すと、納得したようにうなずいた。

「天馬くんは……いつだってお客さんに、自分の最高の芝居を届けたいんだね。それは臆病なんじゃなくて、プロ意識が高いんだよ」

その言葉を聞いて、天馬がはっとしたようにいづみの顔を見つめる。

「そんな風に思えるのは、役者としてとても立派なことだと思う。引け目に感じる必要はないよ」

いづみが天馬の目をまっすぐに見返してそう告げると、天馬は迷うように視線をそらした。

「……それでもオレは、どうしてもこの恐怖《きょうふ》を克服《こくふく》したい」

「たしかに芝居はこだわった完璧なものにはできないかもしれない。でも、最高のものはできるよ」

「……どういう意味だ？」

天馬が再びいづみを見ると、いづみがわずかに微笑《ほほえ》んだ。

「きっと、舞台に立てばわかる。恐怖なんて克服できるよ、天馬くんなら。みんなと一緒《いっしょ》に克服しよう」

いづみが力強くそう告げると、天馬は少しためらった後、心を決めたかのようにうなずいた。

「はよー」

「おはよ」

「おはよう」

「おはよ～」

翌朝、夏組のメンバーたちが次々に談話室へとやってきた。

そして一足早くダイニングの席についていた天馬の姿を認めて、驚いたように目を見開く。

「テンテン⁉」

「帰ってたんだ」

席に座りながら一成と幸が天馬に声をかけると、いづみが横から口を挟《はさ》んだ。

「昨日の夜遅《よるおそ》くにね」

「てんま、いたそう……」

天馬の隣《となり》に座った三角が天馬の頰を見つめて、悲しそうに眉を下げる。

「え？」

椋の方からは見えなかったのか、首をかしげる。

「ほっぺ」

「冷やしたんだけど、まだ腫れがひかないね」

いづみもそう言いながら、心配そうな表情を浮かべる。

「わあ！　どうしたの⁉」

「テンテン、大丈夫⁉」

天馬の頬を覗き込んで、ようやく腫れに気づいた椋と一成が驚いたように声をあげる。

「うわ……男前。で、どうなったの？」

幸は痛そうに顔をしかめながら、そうたずねた。

「……心配させて悪かった。劇団のことは父親に認めてもらった」

「ふーん」

素《そ》っ気《け》ない風に返事をしながらも、幸が内心ほっとしているであろうことはその表情からも見て取れる。

「よかった……！」

「やったじゃん、テンテン！」

椋と一成もうれしそうに微笑んだ。

「にんにん、分身しなくてもいいね～」

「何の話だよ」

三角の言葉に、天馬が怪訝《けげん》そうに首をかしげる。

「ともかく、これで一安心だね！」

「ああ。ただ、みんなに話しておきたいことがある」

椋にうなずきながら、天馬は夏組のメンバーの顔を見回した。

「何？」

幸が促《うなが》すと、天馬は少しためらった後、意を決したように口を開く。

「オレは……舞台にトラウマがある」

天馬はそう切り出すと、昨夜いづみに打ち明けた話を語った。

「……そういうわけで、もしかしたら本番の舞台でも同じ失敗を繰り返してしまうかもしれない。それでも、どうしても克服したい。みんなと同じ舞台に立ちたい」

メンバーたち一人一人の目を見つめながら、天馬がそう締《し》めくくる。

「天馬くん……」

「テンテン……」

天馬の気持ちを受け取って、椋と一成が何と言っていいかわからないといった表情で天馬を見つめ返す。一瞬《いっしゅん》の静寂《せいじゃく》の後、幸が大きくため息をついた。

「何言ってんだポンコツ役者。今さら降ろしてやるわけないじゃん。そもそもこの舞台、リーダーの天馬がいないと始まらないんだから」

幸の言葉に、天馬がぽかんとした表情を浮《う》かべる。

「何、その顔」

「お前、『天馬』って呼べるんだな」

「そこ⁉」

初めて名前を呼ばれたことに驚く天馬に、幸が突っ込む。そのやり取りで、一気にその場の空気が和《なご》んだ。

「テンテン、そんなの改めて言わなくても、一緒に舞台やるに決まってんじゃん！　オレらトモダチだし！」

「そうだよ。天馬くんのおかげで、ここまで芝居が上達したんだから」

一成と椋が天馬に笑いかければ、三角がごそごそと背後から何やら取り出す。

「てんま、勇気が出るようにハイパーさんかくあげる～」

「って、どこから持ってきたんだ、その三角コーン！　返して来い！」

天馬は三角が抱《かか》え上げた三角コーンを見て、声を荒《あら》らげた。

「ええ～」

三角が不満そうに再び三角コーンを背後にしまう。

すっかりいつもの調子が戻った夏組メンバーたちの様子を見て、いづみは柔《やわ》らかな笑みを浮かべた。

「良かったね、天馬くん」

「ああ。みんな……ありがとう」

天馬の表情も自然と和《やわ》らぐ。

今まで天馬は仕事の面でもプライベートの面でも、他人に弱みを見せるということがなかった。仕事の場では、親ですら天馬にプロとして一人前であることを求めたし、仕事中心の生活ではプライベートでそこまで信頼《しんらい》できる友人もできなかった。

それだけに、自分の弱みを見せ、それを受け止めてもらえるというのは、天馬にとってこの上なく喜ばしいものだったに違《ちが》いない。

「改めてよろしくな、幸」

天馬がわずかに照れたようにそう告げると、幸は露骨《ろこつ》に顔をしかめた。

「は？　幸？　キモっ」

「なっ……お前が先に！」

「何の話？　ポンコツ役者」

幸が素っ気なくそう言うと、天馬の顔が一気に赤く染まった。辺りに笑い声があふれる。

「あはは。相変わらずだなあ」

（でも、最初のころと比べたら全然違う。いいチームになってきたな……）

言い合いをする天馬と幸に、それをなだめる椋、横やりを入れながら笑い合う一成と三角、そんな夏組らしい光景を、いづみは優しい表情で見守っていた。

天馬が出演を公表して以来、事務所の電話も兼《か》ねている寮の固定電話は、ひっきりなしに鳴り続けていた。

「はい、はい、取材の件でしたらまた改めて——！」

支配人が電話を一本終えた途端に、また呼び出し音が鳴りだす。

「公開ゲネプロの詳細《しょうさい》はＦＡＸで送ります——！」

マスコミからの電話に、支配人は自動テープか何かのように同じ言葉を何度も繰り返した。

「なんかすごいことになってんね」

ソファでその様子を見ていた幸が、お気の毒といった表情でつぶやく。

「取材申し込みが殺到してるんだって。ゲネプロに報道陣《ほうどうじん》を招くことになったみたい」

「やべー！　カメラいっぱい来るじゃん！」

いづみの言葉に、一成が浮足立《うきあしだ》つ。

「芸能人みたいだね……！」

「芸能人だからな」

椋が高揚《こうよう》した表情で声を上ずらせると、天馬があっさりうなずいた。

そんな話をしている間も、電話の呼び出し音は鳴り続けている。

「はい！　劇団ＭＡＮＫＡＩカンパニーです！」

「春組《はるぐみ》のテレビ取材の比じゃない騒ぎだ……」

すでに声が枯《か》れ始めている支配人に、いづみは同情の視線を向けた。

「支配人おおあわて～」

「電話鳴りっぱなしですもんね」

三角と椋も応援《おうえん》するかのように、電話番を務める支配人を見つめる。

「ともかく、私たちはゲネプロ目指して、最後の調整頑張ろう！」

支配人の苦労に報《むく》いるためにもといづみが声をかけると、夏組メンバーの威勢《いせい》のいい声が返ってきた。

「それじゃあ、まず昨日の続きから――」

と、いづみが午後の稽古を始めようとした時、稽古場のドアが開いた。

「おう、頑張ってるか」

そんな声と共に、雄三《ゆうぞう》が黒髪《くろかみ》のがっしりした男を伴《ともな》って稽古場に入ってくる。

「雄三さん、鉄郎《てつろう》さん！」

いづみが声をかけると、雄三が軽く手を挙げ、鉄郎は無言のまま小さく頭を下げた。

「ちょうど途中《とちゅう》で鉄郎と会ってな。一緒に来た」

そう言いながら、雄三が鉄郎を顎《あご》で示す。

鉄郎は初代MANKAIカンパニーの頃から劇団の大道具を担当していた人物で、いづみとは春組の公演以来の仲だった。

「……」

鉄郎の口がわずかに動いたと思った直後、それに応《こた》えるかのように雄三が朗《ほが》らかに笑う。

「そうだなー。何年振りだろうな」

「雄三さん、鉄郎さんが何言ってるかわかるんですか!?」

いづみが目を丸くする。極端《きょくたん》に無口で声の小さい鉄郎の言葉を解読できるのは、今まで支配人だけだった。

「ああ？　当たり前だろ」

「さすが……」

当然のことのように答える雄三をいづみが尊敬のまなざしで見つめる。

「ていうか、何か言ってんの？」

「全然わかんね」

幸と一成はサイレントモードの鉄郎と会話を続ける雄三を見て、首をひねった。

「じゃあ、せっかく二人が来てくれたから、通し稽古《げいこ》を見てもらおうか。みんな、準備して」

いづみがそう声をかけ、その日は通し稽古から始まった。

通し稽古は順調に進み、王の妾《めかけ》になるのを嫌《いや》がっていたシェヘラザードが、引き延ばしていた約束の期限を迎《むか》えるシーンに入る。

『ここまで引き延ばしたけど、もうどうしようもないし、王のハーレムに入るしかないわ』

『お前はそれでいいのかよ⁉』

『そんなの、いいわけないでしょ。でも、どうしようもないじゃない』

『なんでもっと早く言わないんだよ！　幻《まぼろし》の楽園なんて嘘《うそ》つかないで、もっと早く相談すれば――』

コミカルなシーンが続いてきた中で、初めてシェヘラザードとアリババが本心をぶつけ合うシリアスな場面だ。幸と天馬の息も合い、他のシーンとの対比も際立《きわだ》っている。

「……へえ、順調みてぇじゃねえか」

雄三のつぶやきに同調するように鉄郎がうなずく。

「……」

「だな」

雄三が目を細めて笑うのを見て、いづみが首をかしげた。

「鉄郎さん、なんて言ったんですか？」

「初代夏組思い出すってよ。まあ、どいつもこいつも、見違《みちが》えるほどうまくなったじゃねえか」

いつになくストレートにほめられて、いづみがぱっと顔を輝《かがや》かせる。

「ありがとうございます！」

「特にあの三角だっけか。あいつの役への入り込みは時々ハッとさせられるものがある」

雄三は三角の方へ顎をしゃくると、ぼそりとつぶやいた。

「あいつやっぱり、イカルガさんのお孫さんかもな……」

「イカルガさん？」

いづみの問いかけに、雄三が遠くを見るような目でうなずく。

「初代の全公演の脚本《きゃくほん》書いた伝説の劇作家、斑鳩八角《いかるがはっかく》。あの人の脚本は外《はず》れがないって有名だ。ただ、気難しい人でな。幸夫《ゆきお》さんがいなくなってからは、この劇団では書かなくなっちまった」

「そうなんですか……」

「最近は名前も聞かねぇが、今、どうしてるんだろうなぁ」

（三角くんなら、何か知ってるのかな……）

いづみはそんなことを考えながら、稽古場の隅《すみ》で出番を待つ三角を見つめた。

その夜、夏組メンバーを残し一人稽古場から先に出たいづみは、キッチンに立っていた。

（みんな、まだミーティングしてるみたいだし、夜食のおにぎり持ってってあげよう）

そう考えて、炊飯器《すいはんき》に残っていたご飯でおにぎりを作り始める。

それから間もなくして、談話室のドアが開いた。

「お米のにおい～」

三角が鼻をひくつかせながら、キッチンの方へと歩いてくる。

「あ、三角くん。これから夜食のおにぎり作ろうと思って」

「さんかく～？　オレもつくる～！」

「じゃあ、手伝ってくれる？」

「いいよ～！」

三角はうれしそうに微笑むと、いづみの隣に立っておにぎりを握《にぎ》り始めた。

「さんかく～、さんかく～、角がひとつふたつみっつでさんかくさ～ん」

自作の歌を歌う三角の顔を、ふといづみが何かを思い出したかのように見上げた。

「そういえば、三角くんのおじいさんって、もしかして斑鳩八角さん？」

いづみがたずねると、三角があっさりとうなずく。

「そうだよ～。カントクさん、じいちゃんのトモダチ～？」

「ううん。今日、雄三さんが言ってたの」

「ゆうぞうはじいちゃんのさんかく仲間～。劇団でいっしょにやってた～」

「知ってたんだ？」

今まで三角が雄三を知っているようなそぶりはまったく見せなかっただけに、驚いてしまう。

「じいちゃんに劇団のビデオいっぱい見せてもらった！」

三角はそう言ってにっこり笑うと、視線を遠くへ投げた。

「じいちゃんは、オレにお芝居を教えてくれたひと。オレのことを見放さないでいてくれた、唯一《ゆいいつ》のひと」

大切な宝物をそっと両手で包むような口調で、八角の話をする。

これまで会話の端々《はしばし》から、三角が複雑な家庭環境《かんきょう》で育ったことを察していたいづみにも、祖父の八角が三角にとってかけがえのない存在であることがわかった。

「そっか……。今回の公演、おじいさんも招待するの？」

「ん～ん。死んじゃったから」

「え……」

思わずいづみが言葉を失うと、三角は完成したおにぎりを置いて、ポケットから何か取り出した。

「これ、じいちゃんの形見！　オレのおまもり！」

「それ……三角定規？」

直角三角形の定規を見て、いづみが首をかしげる。

「そう～いちばん、だいじなさんかく！」

（そういえば、これ、夏組のビデオを観《み》てる時に握らせてくれた……）

いづみが父のことを思い出して涙《なみだ》ぐんでいた時に、三角がなぐさめてくれたことを思い出す。

「じいちゃんは、きちょーめんだったから、ホン書く時に、いつもこのさんかく使ってたんだ～」

「そうだったんだ……」

三角はそっと三角定規を撫《な》でると、いづみの顔をじっと見つめた。

「……カントクさんは、じいちゃんに似てるなあ。あと、さんかくにも似てる！」

三角定規を掲げてにっこりと笑う三角に、いづみが何とも言えない表情を浮かべる。

（どっちもちょっと複雑……）

「三角くんがこの劇団に入って、おじいさん、喜んでくれてるかな？」

「うん！　じいちゃん、いつも『演劇は面白《おもしろ》いから、いつかやってみろ』って言ってた～」

「そっか……」

三角が笑顔《えがお》でうなずくのを見て、いづみも微笑み返した。

三角の表情に曇りはなく、夏組メンバーの一員として、心底演劇を楽しんでいることがわかる。いづみには、唯一の存在を亡《な》くした三角が笑顔でいられることが、この上なく稀《け》有《う》なことのように思えてならなかった。

（良かった……三角くんが今こうして夏組のメンバーと芝居ができて本当に良かった。これも、三角くんのおじいさんのおかげなのかな。おじいさん、ありがとう）

いづみは心の中でそっと八角に礼を言った。

第6章 円陣エンジン

その日のMANKAI劇場は、朝から慌《あわ》ただしい空気に包まれていた。公演のある日の活気とはまた趣《おもむき》が違《ちが》い、大きな機材を持つ者や時間に追われているような者がやや殺気立った様子で動き回っている。

そんな中、支配人が声を張り上げて取材スタッフを客席へと誘導《ゆうどう》していた。

「報道陣《ほうどうじん》の方はこちらへお願いしまーす！」

「すみませーん、カメラこっちでいいですか？」

「カメラはこっちでーす！」

邪魔《じゃま》にならないように舞台袖《ぶたいそで》にいたいづみが、呆然《ぼうぜん》とした様子で集まった取材陣を見つめる。

「すごいね……ゲネプロに報道陣呼ぶとは聞いてたけど、こんなことになるとは……」

ざっと見渡しただけでも、カメラの台数はゆうに十を超《こ》えている。

「やべー！　カメラいっぱい！」

「こういうの、テレビで見たことある！」

「人がいっぱい～」

一成《かずなり》や椋《むく》、三角《みすみ》もソワソワした様子でいづみの後ろから客席を覗《のぞ》き込《こ》む。

「いつもこんな感じ？」

幸《ゆき》が後ろにいた天馬《てんま》を振り返ると、天馬は心ここにあらずといった様子でセットの組まれた舞台を見つめていた。

「天馬、聞いてんの？」

「あ、ああ？」

幸に呼びかけられて、ようやく我に返ったように反応する。

「またポンコツに戻ってんじゃん」

「あ、ああ」

「ああって……」

あきれたような幸の言葉にも、気の抜けた返事しかしない。明らかにいつもの天馬とは様子が違っていた。

「天馬くん、大丈夫《だいじょうぶ》？」

「あ、ああ……」

いづみが心配してたずねても、天馬はぼうっとした表情でうなずくだけだった。

（本当に大丈夫かな……）

不安に思っていると、案内を終えた支配人が舞台袖に顔を出した。

「みなさん、そろそろお願いします！」

「はい、みんな、準備して」

いづみの合図で、夏組《なつぐみ》メンバーたちがさっと動きだす。

記者席では、若手人気俳優 皇《すめらぎ》天馬の初舞台《はつぶたい》を取材しようとこぞって駆《か》け付けた記者たちが、品定めするかのような目つきで開演を待っていた。

「映画にドラマに引っ張りだこの皇天馬が今、舞台をやるとはね」

「ある意味、満《まん》を持《じ》して、とも言えるかもしれないな」

「なんにしろ楽しみだ」

そんなささやき声が、劇場の暗転と共に消える。

『今宵《こよい》も語って聞かせましょう。めくるめく千の物語のその一つ……』

シェヘラザードの語り口から舞台が始まる。

（報道陣とはいえ、みんなにとっては初めての観客の前での芝居《しばい》だ。いつも通りにできるといいんだけど……）

いづみは祈《いの》るように両手を組み、袖から舞台の様子を見守っていた。

『教えてくれ、シェヘラザード！　幻《まぼろし》の楽園オアシスはどこにあるんだ!?』

『では今宵も語りましょう。昔々とある国に……』

『前置きが長い！　三行で！』

『アラジン、魔法のランプ、魔法使い』

冒頭《ぼうとう》のシーンから、天馬の芝居はいつもの精彩《せいさい》を欠いていた。

（天馬くん、様子が変だな。声も出てないし、動きもぎこちない。幸くんたちも天馬くんが気になって、集中できてないし……）

場面が進むにつれて、天馬の不調の影響《えいきょう》が他のメンバーに色濃《いろこ》く出始める。メンバー全員、明らかに普段《ふだん》通りの演技ができていなかった。

『ここまで引き延ばしたけど、もうどうしようもないし、王のハーレムに入るしかないわ』

『お前――』

アリババのセリフが不自然に途切《とぎ》れる。いづみはあっと声をあげそうになって、慌てて口元を手で押さえた。

（セリフが飛んだ……!?）

舞台の上では、天馬が呆然とした表情で立ちすくんでいる。その姿は展開を知らない者が見ても、違和感《いわかん》のあるものだった。

「なんだ？」

「演出？」

記者席に小さなささやき声が響《ひび》く。

『びっくりした？　まあ、しょうがないわよね』

幸は微動《びどう》だにしない天馬に、苦笑《くしょう》しながらそう告げた。

『もういいの。あんたも私のことは気にしないで』

アドリブで次のシーンへとつなげる。

（幸くん、ナイスフォロー！　良かった、これでなんとかつながる――）

いづみはほっと息をついた。

（でも、天馬くんの調子は戻らないし、みんなも焦《あせ》っちゃってる）

その後もなんとかラストまで通せたものの、到底《とうてい》満足のいく出来ではなかった。

その夜、談話室には重たい空気が流れていた。

「みんな、今日のゲネプロは不完全燃焼《ふかんぜんねんしょう》だったかもしれないけど、本番までに調子を取り戻そう。気持ちを切り替えるのも大事だよ」

いづみが夏組メンバーを元気づけるように、そう声をかける。

「そ、そうですよね」

「気にしな～い」

椋と三角が空気を変えるようにうなずき合うが、ソファに座った天馬はじっと床《ゆか》を見つめたまま身じろぎもしなかった。

「いつまで辛気臭《しんきくさ》い顔してんの」

幸がそう声をかけても、天馬は顔も上げない。

かつての二《に》の舞《ま》いという天馬が最も恐《おそ》れていたことが現実になってしまった今、そう簡単には立ち直れないのだろう。

「うわ……」

スマホを見ていた一成が、不意に小さく声を漏《も》らす。

「一成くん？　どうかした？」

「あ、んー、なんでもないよん！」

いづみが問いかけると、一成は焦ったように首を横に振った。

「ネット？」

「マジでなんでもないって！」

幸がスマホを覗き込もうとすると、一成が慌てて隠《かく》す。

「見せて」

「あー……」

強い口調で言われて、一成は仕方なくスマホの画面を見せた。

「これ……ゲネプロの記事じゃん」

「ま、いいじゃん、こんなの！」

一成がそうごまかそうとするが、幸は表情を硬《かた》くしたまま記事の内容を読み上げ始めた。

『お粗末《そまつ》な舞台デビュー。銀幕の王子に舞台は時期尚早《しょうそう》か』

天馬が息をのみ、椋が呆然としたような表情を浮かべる。

「何、それ……」

『素人《しろうと》集団。オトモダチ同士のお遊びか。プロのレベルには程遠《ほどとお》い』

「ゆっきー、いいから！」

一成はそれ以上読ませないように、スマホの画面を消した。

「これが現実ってことでしょ」

幸が淡々《たんたん》とした中にも悔《くや》しさをにじませて、そう告げる。

「ひどい……」

「しょんぼり～」

椋も三角もショックを受けたように視線を落とす。天馬も口を開かなかったものの、悔しげに拳《こぶし》を強く握《にぎ》り締《し》めていた。

「ま、まあ、本番は明後日《あさって》だし！　まだ時間あるから、だいじょぶ！」

「でも、このままだとダメってことだよね」

一成のフォローに、幸が現実を突きつける。それでも、天馬はじっと押《お》し黙《だま》ったままだった。

（天馬くん、かなりへこんでるみたいだな。なんとか気持ちを切り替えられるといいんだけど……）

いづみは心配そうに天馬を見つめた。

「みなさん、まだ、おかわりありますからね～」

夕食の時間も、夏組メンバーたちの間に会話はなく、支配人の声だけがむなしく響いた。

「ごち～」

「……ごちそうさまでした」

「ごちそうさま～」

いつもなら賑《にぎ》やかにデザートの話題を出す一成や椋、三角は早々に箸《はし》を置き、天馬と幸も無言で食事を終えていた。

（完全にお通夜《つや》状態だ……！）

いづみはメンバーの顔を見回しながら、焦ったように口を開く。

「みんな、いつも通りやれば大丈夫だから。明後日の初日はきっとうまくいくよ！」

いづみの言葉にも天馬と幸は反応せず、一成と椋が力なくうなずいた。

「だね～」

「そうですよね……」

「がんばろ～」

三角が元気づけるようにそう言った時、天馬が席を立った。

「天馬、ミーティングとかやらなくていいの」

「……いい」

天馬は幸の問いかけに首を横に振ると、そのまま談話室を出ていく。

「あ、天馬くん――」

いづみの呼びかけは、閉じたドアにむなしく跳《は》ね返された。

「何あれ」

幸があきれたように天馬が消えた方向を見つめる。

「天馬くん、もうあきらめちゃったんじゃないよね……」

「まさか、テンテンがそんなことあるわけないいじゃん！」

不安そうな椋に、一成が明るくそう告げる。

「だといいけど」

「ま、まっさか～……」

幸の突き放すような言葉に、一成はわずかに不安の色を浮《う》かべた。

（大丈夫かな……少し話してこよう）

いづみはそう決めると、天馬を追って談話室を出た。

天馬の部屋に向かうと、部屋の明かりは消えていて人影《ひとかげ》がない。

（天馬くん、戻ってないんだ。どこに行ったんだろう）

いづみは首をかしげながら、辺りを見回した。

寮《りょう》の中をあちこち探し回ったものの、結局天馬の姿はどこにもなかった。

考えた末にMANKAI劇場へと足を踏《ふ》み入れる。

『お前はそれでいいのかよ⁉』

客席の扉《とびら》を開けた途端《とたん》、張りのある声がいづみの耳に飛び込んできた。

『なんでもっと早く言わないんだよ！　幻の楽園なんて嘘《うそ》つかないで、もっと早く相談すれば――』

舞台の上に天馬が立っていた。たった一人で公演の一シーンを演じている。

（これ、ゲネプロでセリフが飛んだところだ……一人で練習してたんだ。天馬くんはあきらめたわけじゃない）

いづみはそう確信して、じっと舞台の上の天馬を見つめた。

と、天馬がいづみを見つけて、動きを止める。

「ごめん、ジャマしちゃったね」

いづみは謝《あやま》りながら、舞台に近づいた。

「いや――」

見られたことが気まずいのか、天馬がわずかに視線をそらす。

「少し、いいかな」

そう言いながらいづみが舞台の端《はし》に座ると、天馬もうなずいて隣《となり》に腰《こし》を下ろした。

「ゲネプロのこと気にしてるよね」

いづみの言葉で、天馬の顔がゆがむ。

「あんなひどい失敗……見たことないだろ。小学校の時のあれが、人生で最悪だと思ってたけど、まだあったとはな」

自嘲《じちょう》する天馬に、いづみがにやりと笑ってみせる。

「何言ってんの。あんなの、まだまだだよ。私なんて、セリフが飛ぶのは当たり前、最初から最後まで違う役のセリフを言ったこともあるし」

「は？」

天馬が呆気《あっけ》にとられたようにぽかんと口を開ける中、いづみはつらつらとかつての失敗を並べ立てた。

「全然関係ないシーンで出ちゃったり、転んで主役の衣装脱《いしょうぬ》がせちゃったり……」

「それ……マジで？」

笑うよりも、信じられないといった様子で天馬が聞き返す。

「マジ、マジ。だから天馬くんの失敗なんて、まだまだだね！」

「よくそれで、もう一度舞台に立とうって思えたな」

いづみが自信満々で告げると、天馬は感心した様子で告げる。

そして、膝《ひざ》の上で両手を組むと、視線を落とした。

「オレはこわい。明日、また舞台に立つのが。あんな風にまた、無様《ぶざま》な姿をさらすのが」

ぎゅっと組んだ両手に力を込めた天馬に、いづみは優しく微笑《ほほえ》みかける。

「でも、私が失敗した時、その公演で一番の笑いが起こったんだよ」

「え？」

役者として一向《いっこう》に目が出なかったいづみと、子供の頃《ころ》から天才とうたわれた天馬では立場が全然違う。いづみもそれはわかった上で、これだけは伝えなくてはいけないというように言葉をつなげた。

「もちろん失敗が良かったとは言わないけど、でも、その時のお客さんを腹の底から笑わせることができた。失敗も迷いも、舞台の上でお客さんに観《み》せちゃいけないなんて決まりはないんだよ。完璧《かんぺき》じゃなくても、お客さんに喜んでもらえたらそれでいい。お客さんが最高に笑えたって言ってくれたら、それは最高の舞台になる」

いづみはそう言ってにっこり笑った。

「完璧じゃなくても、最高の舞台……」

いづみの言葉を噛《か》み締めるように、天馬が繰《く》り返す。

「私はただの大根役者だったけど、それでも舞台の上に立つ前はいつだって胸が震《ふる》えた。ドキドキした」

いづみがまるでその時を思い出したかのように、胸に手を当てる。

「天馬くんも言ってたでしょ？　舞台はドラマや映画とは違う、一度きりしか作れないナマモノだって。お客さんも、一度きりしか観られないものを観に来てる。その時だけの舞台を、役者の芝居を、時間を――。だから、完璧なものだけを観せる必要はないんだよ。まだできるって思うなら、舞台の上でどんどん成長すればいい。自分の全力を、どこまでも更新《こうしん》していける。舞台の上に立つかぎり、何度でも最高の舞台を作れる」

いづみは天馬の目をまっすぐに見つめてそう言い切った。

いづみの目を見返した天馬は、虚《きょ》をつかれたように何度か瞬《まばた》きを繰り返す。

芝居のレベルに関係なく、舞台に立った者だからこそわかる舞台のだいご味。完璧に整えることのできない一瞬《いっしゅん》一瞬の積み重ねのすばらしさを、いづみは伝えたかったのだ。

「――監督《かんとく》の言葉は、やっぱすげーな」

ややあって、天馬が微笑む。その笑顔《えがお》はいつになく優しいものだった。

「前に学芸会のことを話した時、監督は笑わなかった。オレが客に完璧な演技を届けたいからアガるんだって、オレの欠点をわかってくれた。監督が初めてだったんだ……オレの弱さを、あんな風に認めてくれたのは」

天馬がそう言いながら、自《みずか》らの頭をいづみの肩《かた》にもたれる。

「て、天馬くん――」

「監督……」

いづみがこれ以上なく近づいた距離《きょり》に少し焦ったように呼びかけるが、天馬は思い詰《つ》めた表情で間近からいづみを見つめた。その目が心なしか潤《うる》んでいる。

うっすらと天馬の口が開いて何か言いかけた時、客席の扉が開いた。

「なにベタベタしてんの」

「テンテン抜《ぬ》け駆《が》けずり～！」

幸の冷ややかな声に、冷やかすような一成の声が重なる。

「天馬くんとカントクさんがそんなことに……⁉　ボ、ボク、当て馬キャラはちょっと……！　あ、でもそれはそれで、おいしいかもしれないけど……！」

「何の話」

顔を真っ赤にしながらもごもごとつぶやく椋に、幸が突っ込んでいると、三角が天馬といづみの間に突進《とっしん》していった。

「オレも混ざる～！」

そう言いながら、二人をまとめて抱《だ》き締める。

「――むぐっ」

「三角くん、苦し――！」

ぎゅうぎゅうと抱き締められて、天馬といづみがうめき声をあげる。

「遊んでないで、練習すんじゃないの」

「テンテン、みんなで一緒《いっしょ》にやろ！」

あきれたように幸が告げ、一成もそう言いながら舞台に上がった。

「そうだよ。当日までに不安なところなくそう！」

椋もそう微笑むと、天馬が呆気にとられたようにメンバーたちを見つめた。

「お前ら……」

「練習、練習～」

三角にも促《うなが》されて、天馬がふっと微笑む。

「そうだな、明後日までに仕上げるぞ」

天馬の言葉に、幸が小さく鼻を鳴らす。

「当たり前」

「っしゃ、やろ！」

一成が気合いを入れるように声をかけると、椋と三角がそれに応《こた》えた。

「頑張ろう！」

「えいえい、お～！」

そのまま舞台に上がって稽古《けいこ》を始める夏組メンバーを見て、いづみが口元をほころばせる。

（誰一人《だれひとり》、あきらめてない……きっとこれで持ち直せる）

いづみはそんな期待に胸を膨《ふく》らませた。

『Water me!　～我らが水を求めて～』公演初日――。

満員の客席には、春組の公演とはまた少し違う客層が目立っていた。春組の時は幅広《はばひろ》い年齢層《ねんれいそう》の演劇ファンが多かったのに比べ、今回は若い女性客が多い。俳優皇天馬のファンなのだろう。劇場に足を運ぶのは初めてといった慣れない様子で、開演の時を今か今かと待ちわびていた。

一方舞台裏《ぶたいうら》では、夏組のメンバーがやや緊張《きんちょう》した面持《おもも》ちで、幕が上がるまでの時間を過ごしていた。

スマホを見ていた幸が電源を落としながら口を開く。

「ネットの酷評《こくひょう》記事、話題になってるね」

「拡散されてるみたいだね……」

椋が表情を曇《くも》らせると、元気づけるように一成がにっと微笑む。

「まだゲネプロを見たのがマスコミだけだから目立ってるだけっしょ」

「一公演一公演大切にすれば、口コミが広がって挽回《ばんかい》できるよ」

「だいじょぶ」

いづみと三角もそれに続いたが、隅《すみ》の方にいた天馬は会話が聞こえているのかいないのか、じっと押し黙ったまま誰もいない舞台を見つめていた。

「天馬、またポンコツ役者の顔になってる」

幸が揶揄《やゆ》するように声をかけると、天馬がぴくりと眉《まゆ》を上げる。

「……どんな顔だよ」

「言い返せるなら、まだましか」

幸の言葉に対して、天馬は小さく鼻を鳴らす。

「テンテン、オレらもがんばってフォローしちゃうからさ！」

一成がそう言いながら天馬の肩を軽く叩《たた》くと、椋もぎゅっと両手で拳を握り締めた。

「ボクも天馬くんに教えてもらったことを思い出して、頑張ります！」

「てんま、さんかく貸してあげる〜」

そう言いながら三角が三角定規を差し出すと、天馬はぽかんとした表情を浮かべた。

「なんだこの三角定規……でも、まあ、ありがとうな」

「へへ～」

戸惑《とまど》いながらも、素直《すなお》に受け取る天馬を見て、三角がふにゃりと微笑んだ。

「そーだ！　オレ、夏組の円陣《えんじん》考えてきちゃった！」

不意《ふい》に一成がそう声をあげる。

「円陣？」

首をかしげる天馬の胸に手を当てて、メンバーに手招きをする。

「みんなテンテン囲んで～、テンテンの胸に手当てて～」

呼びかけられた三角、椋が言われるままに天馬の胸に手を当てる。

「なんだ、これ」

「テンテンがいつも通りやれるように、願掛《がんか》け！」

みんなに手を当てられて戸惑う天馬に一成がニコッと笑う。

「恥《は》ず……」

一人輪から外《はず》れて複雑な表情を浮かべている幸に、椋が呼びかける。

「幸くん！　たまにはいいでしょ」

「やろ、やろ～」

三角がそう言って、幸の手を取り勢い良く天馬の胸に押し付ける。

「お、おい……」

衝撃《しょうげき》に軽くよろめきながらも天馬がなんとか踏《ふ》ん張《ば》ると、一成が大きく口を開いた。

「せーの、夏組ファイトー！」

一成の声かけに、メンバーたちの声が重なる。

「オー！」

「オー」

「オー！」

「オー！」

びりびりとした振動《しんどう》が天馬の胸から、全身に伝わってくる。その感覚に圧倒《あっとう》されたかのように、天馬がぽつりとつぶやいた。

「……円陣なんて初めてやった」

「マジで!?　どう、どう？」

一成に問いかけられて、天馬は一瞬ためらった後、顔をそらす。

「恥ずかしい」

「ええ～！」

「だから言ったじゃん」

不満そうな三角に、幸がほらねとばかりにうなずく。天馬は少し気恥ずかしそうな表情で、でも、と続けた。

「悪くないな。舞台がこわいっていうの、一瞬忘れた」

「でしょ！　これで絶対大丈夫！」

一成が自信満々にそう告げると、天馬もわずかに笑った。

（天馬くんの表情、ゲネプロの時と全然違う。きっと、大丈夫だ）

メンバーの様子を横から見ていたいづみが、内心ほっとしていると、スタッフが顔を覗《のぞ》かせた。

「本番五分前でーす！」

開演ブザーが鳴り、劇場の照明が落とされる。客席が静まり返り、音もなく幕が上がった——。


満天の星空の下に砂漠《さばく》が広がるアラビアンナイトの背景に、シェヘラザードの語りが重なる。

『今宵も語って聞かせましょう。めくるめく千の物語のその一つ……』

一幕はシェヘラザードとアリババのやり取りから始まる。

砂漠に住む者の命の源ともいえる水源を得て、億万長者になることを夢見る貧乏《びんぼう》青年、アリババ。ある日、幼なじみのシェヘラザードから、この世のどこかにあるという幻の楽園『オアシス』の存在を聞かされ、オアシスを探す旅に出ることにする。

シェヘラザードが言うには、千の物語の中のどれかに幻の楽園への道しるべが隠されているという。

『教えてくれ、シェヘラザード！　幻の楽園オアシスはどこにあるんだ⁉』

『では今宵も語りましょう。昔々とある国に……』

『前置きが長い！　三行で！』

『アラジン、魔法のランプ、魔法使い』

『行ってくる！』

『気をつけてね、アリババ。あんた、昔から人の話をちゃんと聞かないっていう致命的《ちめいてき》な欠点があるから』

落ち着いた演技で、天馬のアリババと幸のシェヘラザードがいつも通りの掛け合いを見せる。滑《すべ》り出しは好調といえた。

アリババが去った広場には、冒険者《ぼうけんしゃ》たちが続々と集まってくる。シェヘラザードの語る物語に、幻の楽園オアシスの道しるべが隠されているというウワサを聞きつけたのだ。

その中には、アラジンの姿もあった。

『アラジン……？　オレと何か関係あんのかな？　まあいっか。ねえねえ、キミかわいいね。名前なんていうの？』

『悪いけど、お子様に興味ないから』

『つれないとこもかわいーね！　あ、あの子もマジかわいい。ねえねえ、オレと遊びに行かない？』

その後、アラジンと出会ったアリババが魔法のランプを要求するが、何のことか話が通じない。

『アラジンってお前なのか⁉』

『アラジンなら、オレのことだけど……』

『魔法のランプをくれ！』

『は……？　あー、えーと、人違《ひとちが》いみたいなんで、オレはこれで……』

『その関わっちゃいけない人と遭遇《そうぐう》した時の対応やめろ！』

『間に合ってるんで……』

『勧誘《かんゆう》じゃない！』

二人が揉《も》めていると、怪《あや》しい魔法使いの男が話しかけてくる。

魔法のランプがある場所を知っているという魔法使いの誘《さそ》いに乗って、暗い穴倉に潜《もぐ》るアリババとアラジン。

その奥《おく》で魔法のランプを持った巨大《きよだい》な蛇《へび》に襲《おそ》われてしまう。そして、二人が襲われているすきに、魔法使いが魔法のランプを奪《うば》っていく。

慌《あわ》てて魔法使いを追いかけ、なんとかランプを取り返すと、アラジンが魔人《まじん》を呼び出す。

『俺は魔人。三つの願いを叶《かな》えてやろう。主《あるじ》の願いは何だ？』

『ぎゃああ！　尻《しり》に火がついた！』

『見ればわかるだろ⁉　あの魔法使いと大蛇《だいじや》をなんとかして！』

『魔法使いと大蛇か。それぞれ一つずつ、二つの願いを使うことになるがよろしいかな』

『死ーぬーー！！！』

『なんでもいいから早くして！』

『承知した』

人間離《にんげんばな》れした魔人の軽業《かるわざ》で、大蛇と魔法使いを見事撃退《げきたい》する。

三角の魔人の見せ場だ。アクションの演出を取り入れたことが功を奏し、スピード感のある展開が続く。

魔人に最後の願いを聞かれたアラジンは、隣で『オアシス！』と繰り返すアリババを無視して、町で出会った女の子とデートがしたいと告げる。あきれるアリババだったが、女の子はお忍びで来ていた隣国のお姫様だった。アラジンは見事逆玉《たま》の輿《こし》でお金持ちに。

願いを叶えた魔人は魔法のランプの姿に戻り、どこかに飛んでいってしまう。またランプを探さなくてはいけないという事実に意気消沈《いきしょうちん》したアリババは、次のヒントを聞きにシェヘラザードのところへと戻った。

今度は大海原《おおうなばら》を冒険するシンドバッドの物語を聞かされ、海を目指して旅に出ようとした矢先、運よくシンドバッド本人に出会う。

しかし、船乗りではなく荷運びの仕事をしていると話すシンドバッドは、一向に海に出ようとしない。

『お前シンドバッドのくせに──』

天馬のセリフが不自然に途切れる。

舞台袖から見ていたいづみが息をのんだ瞬間《しゅんかん》、椋が口を開いた。

『黄金のありかなんて知らないよ』

天馬のセリフを引《ひ》き継《つ》ぎ、先を続ける。

はらはらした表情で舞台を見つめていたいづみは、ぐっと拳《こぶし》を握り締めた。

『大人になりなよ、アリババ。幻の楽園なんてないんだよ。一発逆転で億万長者になんかなれないんだって。真面目《まじめ》に働け』

『やめて、そんな正論、聞きたくない!』

淡々《たんたん》とした椋のシンドバッドに、軽妙《けいみょう》に天馬が言い返す。

椋のフォローによって流れが元に戻ったのを見て、いづみはほっと息をついた。

『キミ、もう二十歳《はたち》になるんでしょ』

『あーあー俺は永遠の少年！』

結局強引《ごういん》に押し切られる形で、シンドバッドはアリババと共に旅に出る。

そして、その後はおとぎ話の通り、盗賊《とうぞく》の一団が財宝を洞窟《どうくつ》に隠しているのを発見。合言葉を盗《ぬす》み聞きして、こっそり財宝と魔法のランプを盗み出すのだ。

再び魔人を呼び出したアリババは、幻の楽園に連れていってほしいと願うが――。

『幻の楽園だろ？　幻なんだから存在するわけないじゃん。いい加減現実見ろよ』

『非現実の塊《かたまり》みたいな魔人に言われると傷つくんだけど!?』

魔人に幻の楽園の存在を否定され、シェヘラザードに抗議《こうぎ》しに行く。

シェヘラザードはそこで初めて、幻の楽園の話は自分のウソだと白状するのだった。残忍《ざんにん》な王に嫁《とつ》ぐように言われて困り果てたシェヘラザードは、幻の楽園を見つけた者にしか嫁がないと宣言し、作り話をでっち上げたという。

しかし、そうして引き延ばした嫁入《よめい》りの期限も翌日に迫《せま》っていた。

『ここまで引き延ばしたけど、もうどうしようもないし、王のハーレムに入るしかないわ』

『お前はそれでいいのかよ!?』

ショックを受けたアリババが詰《つ》め寄《よ》ると、シェヘラザードは悲しげに視線を落とす。

『そんなの、いいわけないでしょ。でも、どうしようもないじゃない』

『なんでもっと早く言わないんだよ！　幻の楽園なんて嘘つかないで、もっと早く相談すれば——』

『あんたにどうにかできたの？』

『それは、わからないけどさ……』

『もういいの。あんたも私のことは気にしないで。オアシスは諦《あきら》めて魔人に金持ちにしてもらえるように頼《たの》みなさい』

『なんだよ、バーカバーカ！　そんなこと言うなら、お前のことなんて本当にもう知らないからな！　シェヘラザードのいじっぱり！　絶交だ！』

アリババが捨《す》てゼリフを吐《は》いて、その場から走り去る。その背中をじっと見つめるシェヘラザード。

『いつまでたっても子供なんだから』

寂《さび》しさと情をにじませたセリフから、シェヘラザードの本心が観客に伝わってくる。

幸の演技は稽古の時よりも真に迫っていた。

『なんだよ。なんで何も言わなかったんだよ、シェヘラザードのやつ……本当に王様のハーレムに入っちまうのかな。そうしたら、もう二度と……』

アリババの独白の後、アリババはシェヘラザードへの想いを自覚し、魔法のランプを手に彼女を助けに向かう。

ような二人。

『なんで来たのよバカ！』

『俺にもわからねーよ！』

魔人の力を借りてシェヘラザードを助け出したものの、追われる身となってしまう二人。

『さあ、主よ。最後の願いは何だ？』

すでに二つの願いを叶えてしまったアリババに、魔人がたずねる。

『最後の願いは……シェヘラザードが王と結婚《けっこん》できないようにしてくれ！』

『え⁉』

『承知したぞ、主。これで二人は夫婦《ふうふ》だ』

魔人の言葉と共に辺りに光があふれ、追手《おって》の兵士たちの動きが止まる。

『私とアリババが夫婦⁉』

『そうか、結婚してたら、王のハーレムには入れない……』

『こうして王との結婚を免《まぬが》れたシェヘラザードとアリババは結婚し、末永く幸せに暮らしましたとさ。めでたしめでたし』

魔人はそう告げると、現れた時と同じように忽然《こつぜん》と姿を消した。

残されたアリババとシェヘラザードが顔を見合わせる。

『バカじゃないの⁉　魔人の願いを全部使っちゃったの⁉　あんたの夢は億万長者でしょ⁉』

　天馬も幸もラストシーンにたどり着いた安堵感《あんどかん》からか、すっかりいつもの調子が戻っていた。

『オアシスがウソでもなんでも、お前の寝物語《ねものがたり》がないともう安眠《あんみん》できねーんだよ……！』

『アリババ……』

　毒気を抜かれた様子のシェヘラザードがじっとアリババを見つめる。

『な、なんだよ』

『走ったらのどが渇《かわ》いたわ。水汲《く》んできて、アナタ』

『はぁ!? なんだよ、それ!?』

『それでは今宵も語りましょう。《三歳のアリババと壮大《そうだい》なおねしょ》……』

『やめて!!』

『十秒以内』

『行けばいいんだろ、行けば！　早まったかな……』

　ぼやきながら退場するアリババを、シェヘラザードが満ち足りた笑みを浮かべながら見送る。そして、踵《きびす》を返したタイミングでゆっくりと幕が下りる。

　一瞬の静寂《せいじやく》の後、劇場内に割れんばかりの拍手《はくしゆ》と喝采《かつさい》が響《ひび》き渡った。

　舞台袖にいた夏組のメンバーたちは、高揚《こうよう》した表情でその拍手の雨を全身に浴びる。

「やった……！」

ガッツポーズをとる一成の横で、天馬が呆然とぶ厚い緞帳《どんちょう》を見つめていた。

「終わった……のか？」

「すごいよ、拍手の音！」

「ぱちぱち～！」

椋が顔を輝《かがや》かせながら天馬の肩を叩き、三角もうれしそうに拍手をする。

「すげー、マジやべー、達成感はんぱねー」

噛み締めるように一成がそう告げるも、天馬は相変わらずぼうっとしたままだった。

「天馬、カーテンコール」

「――あ、ああ」

幸が促すと、ようやく天馬が我に返った様子で舞台の方へと一歩踏み出す。

「ゴー！」

まだどこか地に足がつかない天馬を励《はげ》ますように、三角が声をかけた。

再び幕が上がり、夏組のメンバーたちが舞台上に並ぶと、拍手がうねるように大きくなる。それぞれに感極《かんきわ》まった様子で頭を下げるメンバーたちを見て、いづみの口元に自然と笑みが浮かんだ。

（良かったね、天馬くん。みんなと一緒に克服《こくふく》できたね……）

そんな思いと共に大きく息をつく。安堵感がいづみの全身を包んでいた。

カーテンコールを終えて楽屋に戻ってきた夏組メンバーを、いづみは満面の笑みで迎《むか》えた。

「みんな、お疲れさま！」

「おつー！」

「お疲れさまでした！」

一成と椋が、晴々とした表情でいづみに応える。

「お疲れー」

続いて入ってきた幸も、淡々とした口調ながらも満足げだ。

「おつかれ～！」

三角が笑顔でいづみに手を振りながら入ってくると、最後に現れた天馬が大きくため息をついた。

「疲れた……」

気を張りっぱなしだったせいかほっとした表情とは裏腹に、疲労感《ひろうかん》が声に表れている。

「やったね！　大成功だよ！」

「ゲネプロの汚名返上《おめいへんじょう》できましたね！」

いづみが励ますように天馬の肩を叩くと、椋も大きくうなずく。

「ポンコツ役者が危《あや》うかったけどね」

幸が意味ありげに天馬に視線を送ると、大いに自覚があるらしい天馬は、苦虫を噛み潰《つぶ》したような表情でそっぽを向いた。

「とりま、うまくつながったんだから、いいじゃん！」

一成が取りなすようにそう声をかけると、天馬は少したためらった後、椋に向き直った。

「……椋、助かった。ありがとう……」

「天馬くん……」

椋が驚《おどろ》いたように目を見開く。

「その……最初の頃、稽古で足手まといとか言って、悪かったな」

「ううん。ボクがこんな風に堂々とお芝居《しばい》できるようになったのは、天馬くんがたくさんお芝居を教えてくれたおかげだから……ボクの方こそ、ありがとう！」

椋が笑みを浮かべてそう答えると、天馬がにやりと笑った。

「……これからも、教えてやる」

「助けてもらったくせに、何えらそうにしてんの」

しおらしい態度を一変させた天馬に、幸が横から茶々を入れる。

「さっきは助けてもらったが、役者としての経験はオレの方が何倍も上だ！」

「はいはいはいはいとはなんだ!」

二人のやり取りを見ていた椋と三角が笑みを漏《も》らす。

「いつもの調子が戻ってきたね！」

「てんま、ふっかつ～！」

「あはは。そうだね」

いづみが同意していると、一成が満足げにうんうんとうなずいた。

「にしても、やっぱ、今日の成功はオレ特製の円陣効果だよね～」

「あれ、明日からもやるつもり……？」

言い合いをしていた幸がぴたりと止まり、一成に目を向ける。

「せっかくだし、ゲン担《かつ》ぎにやろうよ」

「恥ずかしい」

椋が促すと、天馬も幸に続いて顔をしかめた。

「ええ!?　テンテン、悪くないって言ったじゃん！」

一成がショックを受けたように大げさに声をあげる。

（すっかりリラックスしてる。この調子なら、もう心配いらないな……）

いづみはメンバーたちのやり取りを見守りながら、ほっと胸を撫《な》でおろした。

「みんな、この調子で明日から千秋楽まで、走り抜けようね！」

いづみがそう声をかけると、三角、椋、一成が勢いよく拳を掲《かか》げた。

「おお～！」

「はい！」

「がんばっちゃお～！」

「しっかりしないとね、ポンコツ役者」

「ふん、お前に言われるまでもない」

幸の言葉を受けて、天馬が鼻を鳴らす。その表情はどこまでも自然体で、舞台の上で緊張していたのがウソのようだ。

天馬にとって、今日の舞台は決して完璧と言えるようなものではなかっただろう。

でも、少なくとも、初めて仲間と協力してやり遂《と》げた最高の舞台だったといえるに違いない。天馬の表情はそんな達成感と満足感に満ちていた。

（天馬くんがトラウマを克服できて本当に良かった。降板の話が出た時はどうなるかと思ったけど……今の姿、天馬くんのご両親にも見てもらいたいな……）

舞台出演を反対していた天馬の父も、今の天馬の姿を見れば考えが変わったかもしれない、いづみにはそう思えてならなかった。

第7章 緊張の千秋楽

（初日を迎《むか》えてから千秋楽《せんしゅうらく》まで、本当にあっという間だったな……）

千秋楽の夜、続々と客が集まってくる劇場のロビーを見つめながら、いづみは公演の日々を思い返していた。

初日に舞台《ぶたい》のトラウマを克服《こくふく》した天馬《てんま》は、それ以降どんどん調子を上げ、他のメンバーもそれに呼応するように芝居《しばい》を磨《みが》いていった。公演を重ねるごとに夏組《なつぐみ》メンバーは信頼《しんらい》関係を深め、新しいものを生み出していく。

（一公演終わるたびにみんなの成長がわかる。このまま千秋楽が無事に終われば、大成功だ）

いづみが楽屋《がくや》を覗《のぞ》くと、一成《かずなり》がスマホの画面を掲《かか》げているところだった。

「みんな、見てみて、この記事！　マジやばたん！」

「何、また酷評《こくひょう》とか？」

「ええ!?」

幸《ゆき》が顔をしかめると、椋《むく》が驚《おどろ》いたように声をあげる。一成はぶんぶんと首を横に振りながら、二人にスマホを押し付けた。

「いいから、読んで！」

「『若手俳優劇団の快進撃《かいしんげき》、皇《すめらぎ》天馬の本領発揮・ゲネプロの醜態《しゅうたい》もどこへやら、完成度の高い舞台。今後に期待したい』……」

言われるがままに、幸が画面に表示された記事の文面を読み上げる。

「これって、ほめられてる……？」

予想外の内容に戸惑《とまど》ったように椋が首をひねると、一成が大きくうなずいた。

「絶賛っしょ！」

「当然だな」

腕《うで》を組んでそう言い放つ天馬に、幸が肩《かた》をすくめて見せる。

「内心ドキドキしてたくせに」

「してない！」

「ボタン、掛《か》け違《ちが》えてるよ」

幸が天馬の衣装《いしょう》を指差す。天馬は慌《あわ》てたように、ボタンをかけ直し始めた。

「やったね～！」

「良かったね、みんな！　残りの千秋楽、悔《く》いのないようにやりきろう！」

無邪気《むじゃき》に喜ぶ三角《みすみ》に続いて、いづみも笑顔《えがお》を見せる。

「はい！」

「おお～！」

いづみの励《はげ》ましに、椋と三角が元気に答えた。

その時、不意に慌ただしいノックの音が響《ひび》いた。間もなく、返事も待たずにドアが開かれる。

「し、失礼します!!」

飛び込んできたのは、天馬のマネージャーである井川《いがわ》だった。相当急いできたのか、額《ひたい》の汗《あせ》をぬぐっている。

「井川……？」

「天馬くん、大変です！　今日、ご両親がいらっしゃってます！」

井川が天馬を見つけるなりそう告げると、天馬は目を丸くした。

「はぁ!?　だって、二人とも今、海外だろ」

「海外撮影《さつえい》の合間を縫《ぬ》って、千秋楽を見に来たそうです！」

「なんだよ、それ。聞いてねぇ……」

口元を覆《おお》い、突然《とつぜん》の訪問をどう受け止めたらいいか戸惑っている様子の天馬に、いづみが一歩近づいた。

「私が井川さんを通してチケット送ってもらったの」

「監督《かんとく》が？」

「この舞台は天馬くんの役者人生において大切なものなんだって、ご両親に演技で証明しよう！」

いづみがそう励ますが、天馬はためらうように視線をさまよわせた。

「もうポンコツじゃないんでしょ」

自信なさげな天馬を揶揄《やゆ》するように幸が声をかけると、天馬がきっと顔を上げる。

「——最初からポンコツじゃない」

そう言い切ると、気持ちを切り替えるように小さく息をついた。

「そうだな、映画のオファーを断ったことが間違《まちが》ってなかったって、認めさせてやる」

「その意気っしょ！」

もう舞台での失敗を恐《おそ》れていた頃《ころ》とは違う、そんな決意を込めてつぶやいた天馬の肩を、一成が軽く叩《たた》いた。


「客席、満席だね」

舞台袖《そで》から客席を覗いたいづみがつぶやくと、椋がつばを飲み込《こ》んだ。

「なんだか、いつもと雰囲気《ふんいき》が違うような気がします。熱気があるっていうか……」

満員の客席からは圧のようなものすら感じられる。

「千秋楽だからね。ちょっと空気が違うかも」

いづみがそう説明すると、一成が感心したようにうなずいた。

「へ～、そうなんだ～」

「あ!! あれ、陸上部の子たちだ。どうしよう」

椋が客席の後方を見つめて、声をあげる。

「どうしようって、椋が招待したんでしょ」

「そうなんだけど、なんか、改めて緊張してきちゃうっていうか……」

あきれたような口ぶりの幸に、椋がまごつきながら答える。

「……あ」

「どうしたの、幸くん」

不意《ふい》に一点を見つめて小さく声を漏《も》らした幸に、椋が首をかしげる。

「……なんでもない」

そう告げる幸の視線の先を追った椋が、同じように声をあげた。

「あ、あの子たち、幸くんのクラスメイト……」

「……本当に来るとは思わなかった」

客席には、幸が以前フライヤーを渡したクラスメイトたちの姿があった。こういう場所に慣れていないのか、どこかそわそわした落ち着かない様子で座っている。

幸としても彼らが来るのは予想外だったのか、顔がわずかに強張《こわば》っている。

（二人とも、いつになく緊張してるな）

幸と椋の表情に気づいたいづみが心配していると、三角が辺りをうろうろと歩き始めた。

「ない……どこにもない……さんかく」

「サンカク？　お守りのサンカクのこと？」

いづみが以前借りた三角定規のことを指してたずねると、三角が不安げな表情でうなずいた。

「うん～。さっきから見つからない～」

「オレが初日に借りたサンカクなら、その日に返したぞ」

天馬が横から口を挟《はさ》むと、三角はさらに眉《まゆ》を下げた。

「どこだろ～……しょぼん」

「後で探しといてあげる」

いづみが励ますように三角にそう告げると、さっきまで静かだった一成がその場で軽く足踏《あしぶ》みをした。

「わ――なんかオレまでソワソワしてきた――！」

（緊張が伝染《でんせん》してる。千秋楽って独特の雰囲気があるからな……本番に影響《えいきょう》しないといいんだけど……）

いつになく落ち着かない雰囲気のメンバーたちを見つめながら、いづみがわずかに表情を曇《くも》らせた時、足音が近づいてきた。

「こんにちはー」

「ちわー」

咲也《さくや》と綴《つづる》に続いて、シトロン、至《いたる》、真澄《ますみ》が顔を覗かせる。

「いらっしゃいダヨー」

「入る時は『お邪魔《じゃま》します』」

「みんな、どうしたの⁉」

「陣中見舞《じんちゅうみま》い」

いづみの質問に、真澄が短く答える。

「そっか、ありがとう！」

「いよいよ、千秋楽だね。みんな、緊張してない？」

「ま、あとは楽しんだもん勝ちだから」

咲也と綴が夏組のメンバーたちを激励《げきれい》する。

「失敗したけど」

「もしかしなくても、俺だよな」

真澄がぼそっと付け加えた言葉に、至が苦笑いを浮かべる。

前回の春組《はるぐみ》の千秋楽もすんなりとは終わらなかったからこそ、春組のメンバーもこうして夏組の応援《おうえん》に駆《か》け付けたのだろう。

「でも、おわり良ければ、すけこましダヨ！」

「意味がわかんないから！」

「おわり良ければすべて良し、と見た」

シトロンの言い間違いに、綴がすかさず突っ込み、至が訂正《ていせい》する。

「相変わらず頭に花が咲《さ》いた連中……」

春組メンバーのやり取りを聞いていた幸が、あきれたようにため息をつくと、椋が笑《え》みを浮かべた。

「はは。でも、ありがたいよね」

「そうだな」

うなずく天馬の表情も、さっきよりわずかに和《やわ》らいでいてる。

「天馬くん、調子はどう？」

咲也が気遣《きづか》うように声をかけると、天馬は考え込むように咲也をじっと見つめた。

「……座長って、重いな。ここまでやってみて、お前を改めて尊敬した」

「ええ!?　オレ？」

「千秋楽、お前もこわかったか？」

「うーん、そうだね。正直言うと、こわかったよ。すごく」

数カ月前のことを思い返して、咲也が目を細める。

「でも、同じくらいワクワクもしてた」

「……そうか、オレもだ」

咲也の言葉に、天馬が深くうなずいた。

「ここ数日、舞台袖から夏組のお芝居を見てて、やっぱりこの舞台を回せるのは天馬くんだけだって思った。それは、千秋楽でも同じだと思う」

天馬の目をまっすぐに見つめながら、咲也がそう告げる。

「……ふん、当然」

天馬がそう鼻を鳴らすと、咲也は笑い声をあげた。

「その調子！　Show must go on!　天馬くんなら、きっとできるよ」

「……ああ。やり遂《と》げてみせる」

そうなずく天馬の瞳《ひとみ》には、決意に満ちた光が浮かんでいた。

「開演五分前でーす！」

スタッフの呼びかけを受けて、いづみがメンバーたちを呼び寄せる。

「みんな、幕が上がるよ」

「は、はい！」

「っし、行こ！」

「うん〜」

少し緊張した面持《おもも》ちの椋がうなずき、一成が気合いを入れるように軽く頰《ほお》を叩き、三角もそれに続いて両手の拳《こぶし》を握《にぎ》り締《し》める。

天馬は夏組メンバーの顔を一人一人見つめながら、口を開いた。

「……幸」

「何？」

「椋」

「え？」

「一成」

「どしたの、テンテン？」

「三角」

「な〜に〜？」

一人一人順に名前を呼ぶ天馬の表情はどこまでも真剣《しんけん》で、いつにない雰囲気を感じ取ったメンバーたちが首をかしげる。

「……お前たちと、舞台に立てて良かった。お前たちのことは大切な仲間で、その……トモダチ、だと思ってる」

いつもの自信満々な態度はなりを潜《ひそ》め、ためらいながらそう告げる天馬に、普段《ふだん》なら軽口を返す一成も言葉を失《な》くす。

「テンテン……」

「一成。お前がオレのこと、トモダチだって言ってくれた時……照《て》れ臭《くさ》かったけど、ほんとはうれしかった。合宿の時、薄《うす》っぺらいとか言って悪かったな」

「そんなの——気にしてないよん」

一成がうれしさと照れ臭さの入り混じった表情で、微笑《ほほえ》む。

「ラスト、一緒《いっしょ》に最高の芝居がしたい。今この瞬間《しゅんかん》の俺たちにしかできない最高の芝居を——ついてきてくれるか？」

確認するようにメンバーたちの顔を順に見つめる。

一人一人と交《か》わす視線に、積み重ねてきた稽古《けいこ》と、共に過ごした時間が作り上げた信頼が表れている。今までたった一人で完璧《かんぺき》な芝居を目指してきた天馬が、初めて仲間と共に最高の芝居を作りたいと思えたのは、ここにいる夏組のメンバーと舞台に立ったからこそだろう。

「……当たり前じゃん」

「もちろんだよ！」

幸があっさりうなずいて、椋が弾《はず》んだ声で返事をする。

「一緒にはじけちゃおーよ！」

「てんまと一緒にいく～！」

もろ手を挙げる一成と三角に、天馬は笑顔を見せた。

「よし、円陣《えんじん》」

天馬の声で、メンバーたちが集まる。

天馬の胸に四人の掌が集まった。今までで一番温度の高い熱がそこに集約されていく。

「夏組ーファイト！」

ふり絞《しぼ》るような天馬の掛《か》け声《ごえ》に、メンバーたちの力強い声が重なった。


ゆっくりと緞帳《どんちょう》が上がり、一瞬《いっしゅん》にしてアラビアンナイトの世界が舞台の上に広がる。

『今宵《こよい》も語って聞かせましょう。めくるめく千の物語のその一つ……』

（幸くん、やっぱりちょっと緊張してるな）

冒頭《ぼうとう》の語り口を聞いたいづみが、少し心配そうに幸のシェヘラザードを見つめる。

千秋楽の重圧と、クラスメイトが観《み》に来ているという事実が影響しているのだろう。いつもよりも表情もセリフも硬《かた》い。

『なんだよ、何ぼーっとしてんだ、シェヘラザード』

アリババがあきれたような表情で下手《しもて》から登場する。

セリフを聞いたいづみがわずかに首をひねった。

（あれ？　こんなセリフないよね。天馬くんのアドリブだ）

『おい、ポンコツ、聞いてんのか？』

一瞬虚《きよ》をつかれたような様子の幸の顔を、天馬が覗き込む。

『――ポンコツはアンタでしょ、万年貧乏人《びんぼうにん》。そんなこと言ってると、とっておきの情報教えてあげないから』

幸が軽妙《けいみよう》に切り返す。さっきまでの硬さがウソのように自然だった。

（うん、うまく返した。いつもの調子が戻ってきてる）

しばしば挟《はさ》まれる天馬のアドリブによって、幸の芝居も次第《しだい》に勢いが増していった。

『アラジンってお前なのか!?』

『アラジンなら、オレのことだけど……』

『こんな冴《さ》えないのがアラジンかよ。本当に魔法のランプなんて持ってんのか……？』

『冴えないとかひどい！』

天馬のアドリブに、一成が大仰《おおぎよう》に嘆《なげ》いてみせる。

『ナンパしても、振られてばっかじゃねえか』

『これは、アラジン秘伝の恋愛《れんあい》テクその千百二十八にのっとった戦法で――』

『テク多すぎだろ！』

「あはは！」

「こんなセリフ、あったっけ⁉」

観客の笑い声が客席内に弾《はじ》ける。

（今日は天馬くんのアドリブ多いな。みんないい感じで肩の力が抜けてる）

最初はいつになく緊張した面持ちだった一成も、すっかり自然体でチャラいアラジンを演じ切っている。

『船乗りじゃない……？　船乗りじゃないシンドバッドとか、設定間違ってんのか？』

『あー、大丈夫《だいじょうぶ》。原典通りだから。もともと、船乗りシンドバッドの冒険譚《ぼうけんたん》を荷運びシンドバッドが聞くっていう筋《すじ》で――』

『そういうメタネタやめろ！　夢から覚める！』

天馬のアドリブに対して、うんちくを語り始める椋のシンドバッド。やけに理屈《りくつ》っぽく天馬のアリババとの対比が絶妙《ぜつみょう》だ。

「ぷっ！」

「アドリブ多い！」

笑い声と突っ込みのつぶやきで客席が沸《わ》く。

（椋くん、最初の頃は天馬くんに何か言われるだけで、萎縮《いしゅく》しちゃってミスしてたのに、

本当に成長したな）

舞台上で軽妙なやり取りを続ける椋を見つめながら、いづみの顔がほころぶ。

天馬のアドリブで物語はテンポを増しながら進んでいった。

『つーか、魔人《まじん》ってほんとに魔人なのかよ。ただの人間にしか見えねえ……』

『……これでも？』

天馬のあおるような口ぶりに反応して、三角の体がふわりと宙に浮く。バク転の後、勢い良くセットの壁《かべ》に足をかけて駆《か》け上がった。

「わ！　壁のぼった！」

「ワイヤー!?　すご……」

歓声《かんせい》が沸き起こる。

『魔人、マジ魔人……』

『今度の主はダジャレ好きか……』

『ち、ちが……！　意図しないダジャレとか恥《は》ずかしい……！』

天馬と三角のやり取りに、また客席に笑い声があふれる。

（みんな、生き生きとしてる。緊張も不安も、全部楽しいって気持ちに押しのけられちゃってる感じだ。今までで一番笑いが起こってるし、お客さんも楽しんでるのが肌《はだ》で伝わってくる）

客席にいたいづみは、周囲から伝わってくる感情の盛り上がりを間近で感じられた。

(あとは、ラストシーンだけだ……)

アリババがシェヘラザードを救い、ボルテージは最高潮に達していた。

舞台上では、天馬と幸が普段よりも速いテンポで口喧嘩《くちげんか》の応酬《おうしゅう》を続けている。

『それでは今宵も語りましょう。《三歳《さい》のアリババと壮大《そうだい》なおねしょ》……』

『やめて!!』

『十秒以内』

『行けばいいんだろ、行けば! 早まったかな……』

首をひねりながら、天馬が去っていく。それを見つめる幸のまなざしが微《かす》かに揺《ゆ》れる。

(あれ……? シェヘラザードの間が長いな)

普段ならシェヘラザードが踵《きびす》を返して、幕が下りる。しかし、幸は微動《びどう》だにせずに、アリババが去っていった方向をいつまでも見つめていた。

静寂《せいじゃく》が劇場内を包む。固唾《かたず》を呑んでシェヘラザードを見つめる観客たちの前で、シェヘラザードが柔《やわ》らかな微笑みを浮かべた。

『……ありがと、アリババ』

小さなつぶやきの後に、静かに幕が下りる。

一瞬の間の後、爆発《ばくはつ》するような大きな拍手《はくしゅ》と喝采《かっさい》が客席に弾《はじ》けた。

「最後のシェヘラザードのつぶやき、なんかぐっときた！」

「わかる！　良かったよね！」

興奮冷めやらない様子の観客が口々に感想を漏らし、一人二人と座席から立ち上がると、手を頭上に掲げて拍手を送る。

（良かった……最高の千秋楽だ……！）

拍手の勢いは一向に衰《おとろ》えず、ぶ厚い緞帳を破る勢いで叩きつけられる。

舞台袖《そで》では、夏組メンバーたちがどこか現実に戻り切れないような表情で、その拍手と喝采の洪水《こうずい》を一身に受け止めていた。

「うわ、鳥肌《とりはだ》立った……なんだこれ、マジやべー」

両腕《りょううで》をこする一成の横で、椋が両手を口元に当てて歓声をあげる。

「すごい、スタンディングオベーションだよ！　なんか、もう感動しすぎて、ボク――」

椋が声を詰《つ》まらせると、その大きな目が見る間に潤《うる》んでいく。

「何泣いてんだ」

天馬がにやりと笑いながら、椋を肘《ひじ》で小突《こづ》く。

「ってか、テンテン、アドリブ多すぎ！」

「ついてきてくれって言っただろ」

一成の突っ込みに、天馬が平然とそう答える。

ついてきてくれると信じていたからこそ、天馬も思い切り突っ走ることができたのだ。メンバーもその期待に応《こた》えることで、高め合い、昇《のぼ》りつめた。その喜びはメンバーの誰《だれ》もが今まで経験したことのないようなものだった。

「たのしかったね〜!!　演劇はおもしろ〜い！」

「マジそれな！」

「ほんとだね！」

満面の笑みを浮かべる三角に、一成と椋が力強く同意する。

「……ありがとな、幸」

天馬が幸に向かって微笑むと、幸が露骨《ろこつ》に顔をしかめた。

「キモっ」

「お前な……！」

声を荒《あら》らげたところで、舞台袖にいづみが顔を覗かせる。

「みんな、カーテンコール！」

「行くぞ――！」

天馬が舞台の上へと舞《ま》い戻《もど》ると、メンバーたちもそれに続いて駆《か》けだす。

再びライトの下に立った夏組メンバーたちは、これ以上ないほどの笑顔で、観客たちに向かって頭を下げた。

「ありがとうございました！」

「ありがとうございましたー！」

「ありがと」

「マジサンキュー！」

「ありがとー！」

何度も頭を下げ、手を振るメンバーたちに、いつまでも惜《お》しみのない拍手と歓声が送られた。


「みんな、お疲《つか》れー！」

終わりの見えないカーテンコールをなんとか切り上げて楽屋に戻ってきた面々を、いづみが迎える。

「お疲れ」

「お疲れさまでした！」

幸と椋はそう答えながら、脱力《だつりょく》したように椅子《いす》に座り込んだ。

「今日が一番拍手大きかったね！」

「全然カーテンコール鳴りやまなかったし。なんかもー、何も考えらんね。ずっと舞台にいたい感じ」

「そうだな」

いづみの言葉に一成が恍惚《こうこつ》とした表情で答えると、天馬も同意する。

と、ノックの音が響《ひび》いた。

「はーい」

いづみが返事をすると、ドアを開けて現れたのは、椋の陸上部時代の友人たちだった。

「失礼しまーす」

「向坂《さきさか》、いる……？」

「あ、みんな——」

椋が驚きと戸惑《とまど》いの入り混じった表情を浮かべていると、椋を見つけた友人たちが興奮した様子で駆け寄《よ》ってきた。

「向坂、すごかったな！」

「すげー面白《おもしろ》かった！」

口々に賞賛《しょうさん》され、椋が目を白黒させる。

「正直、なんで、陸上から演劇？　って思ったんだけどさ、今日見たら、そんなのどうでも良くなったわ」

「な！　演劇って面白いのな」

「舞台の上の向坂、かっこよかったし」

友人たちが日に焼けた顔でにっと笑うと、椋もぱっと顔を輝《かがや》かせた。

「ありがとう！」

椋が満面の笑みで友人たちと会話する姿を見て、いづみも自然と顔をほころばせる。

（良かったね、椋くん）

かつての関係に戻ったかのような椋たちの姿からは、もう罪悪感や後ろめたさみたいなものは感じられない。それがいづみにはうれしかった。


来客が一段落した時、またノックの音が響いた。

「はいはーい」

一番入口に近かった一成がドアを開けると、幸のクラスメイトの少年が二人立っていた。

「瑠璃川《るりかわ》いる？」

おずおずと顔を覗かせた相手を見て、幸が立ち上がる。

「……ああ、何？」

「あ、あのさ、これ……！」

顔を真っ赤に染めた右側の少年が、背中に隠《かく》していた小さな花束をさっと差し出す。

「は……？」

呆気《あっけ》にとられた幸が、ぽかんと口を開ける。横で見ていた一成が、口笛を吹《ふ》いた。

「花束とか、完全にゆっきーのファンじゃん！」

「あの、瑠璃川、マジでキレーだった！」

一成の揶揄に赤い顔をさらに赤く染めながらも、少年が勢《いきお》い込んでそう告げる。

「……どうも」

対する幸の反応はどこまでも淡々《たんたん》としていたが、少年たちは気にする様子もなく、憧《あこが》れのアイドルを見るような目つきで幸を見つめていた。

「次の公演も、絶対来るから……！」

「ふーん、『じゃあ、約束、ね？』」

幸がシェヘラザードの口調で流し目をすると、少年たちの体が音を立てて固まる。そして次の瞬間、これ以上ないくらいの勢いで首まで真っ赤になった。

「う、うん！」

「絶対来る！　死んでも来る！」

『ありがと』

何度もうなずき、幸から目をそらさずに帰っていく二人を、幸はどこか妖艶《ようえん》ともいえる笑みを浮かべて見送った。

「気味が悪い……」

「ファンサも大事でしょ」

少年たちが帰った後、顔を引きつらせた天馬がつぶやくと、幸は意にも介《かい》さない様子で小さく鼻を鳴らした。


続いてやってきたのは、広報写真の撮影を担当した臣《おみ》だった。

「あ、臣くん。来てくれたんだね」

いづみが迎え入れると、臣が笑顔でうなずく。

「こんにちはー」

「チケットもらったしな」

「どうだった？」

「すごく良かった。今度は芝居中の写真も撮《と》りたいな」

「ぜひ、ぜひ！」

臣の申し出に、いづみが名案とばかりに手を叩く。

「いいじゃん！　そしたら、写真集めてパンフとか作っちゃおーよ！」

一成も賛成する。

（あ、でも、臣くんって演劇に興味あるって言ってたし、もしかしたら写真だけじゃなくても……？）

いづみはふとそんなことを考えながら、夏組の次に控《ひか》えている秋組《あきぐみ》の公演へと思いを巡《めぐ》らせた。

臣が帰ってから間もなくして、今度は壮年《そうねん》の男女が楽屋を訪《おとず》れた。

「失礼します」

「はーい」

迎え入れたいづみに、二人が小さく頭を下げる。

「向坂椋の父ですが……」

「あ、お父さん、お母さん！」

椋が駆け寄っていくと、椋の両親が顔をほころばせた。

「椋、お疲れさま」

「見たぞ、お前の晴れ舞台。劇団に入るって言った時は、どうなることかと思っていたが立派な役者になって……っ」

椋の父親が言葉を詰まらせると、そのまなじりに涙《なみだ》が浮かぶ。

「もう、お父さん、泣かないでよ」

椋が恥《は》ずかしそうに告げるが、椋の父親の顔は舞台を終えた時の椋そっくりだった。

「ふふっ、お父さんったら、お芝居観《み》てる間も、何度も目頭《めがしら》ぬぐっててね」

「そ、それは、言わなくていいだろう」

椋の父親がごまかすように涙をぬぐい、咳払《せきばら》いをする。

「二人とも……来てくれてありがとう」

椋は少し照れながらも、うれしそうに両親に礼を言った。

「そういえば、椋がお芝居に出るっておばさんに言ったらね、十《じゅう》ちゃんが見に来てくれたみたいなんだけど……」

母親の言葉に、椋が目を丸くする。

「えっ、十ちゃんが⁉」

「挨拶《あいさつ》には来てない？」

「う、うん」

「そう、今度会ったらお礼言っといてね」

「わかった……でも、なんで十ちゃんが……？」

両親がいづみやメンバーたちに軽く会釈《えしやく》をして帰っていった後も、椋はどこか釈然《しやくぜん》としない表情で首をかしげていた。

「十ちゃんって誰？」

「えっと……いとこのお兄ちゃんなんだけど、全然会ってなかったし、お芝居《しばい》に興味あるようには見えなくて……」

幸の問いかけに椋が思案気にそう答えた時、またノックの音が響いた。

直後、楽屋のドアが開かれる。

「失礼」

「天馬、いるの？」

現れたのはやけに迫力《はくりょく》のある男女だった。年齢《ねんれい》は三十代後半から四十代といったところだろうが、若々しく年齢不詳《ふしょう》だ。

「――父さん、母さん」

天馬のつぶやきで、一斉《いっせい》にメンバーたちがざわつく。

「うわ、あれ皇夫婦《ふうふ》じゃん！　並ぶとすげー威圧感《いあつかん》……！」

「オーラが全然違うね……！」

「オレ様オーラは親譲《おやゆず》りか」

一成がミーハーっぽく歓声をあげれば、椋が上ずった声でつぶやき、幸が納得《なっとく》したようにうなずく。

「まったく、勝手なことばかりして」

天馬の母親が小さくため息をつくが、その姿もどこか芝居がかっていて絵になる。あきれたような口調ではあるものの、ほっとした響きも含《ふく》まれていた。

「役者として、一皮むけたようだな」

天馬の父親は天馬をじっと見つめると、そう切り出した。

「もううるさいことは言わない。お前の思うようにやってみろ。そして、俺たちを越《こ》えに来い」

「父さん……」

父の言葉に、天馬が驚いたようにわずかに目を見開く。

「たまには連絡しなさい」

「……わかった」

母親らしい情に満ちた言葉に天馬が小さくうなずくと、両親もそれにうなずき返して去っていった。

「……良かったね、天馬くん」

やり取りを見守っていたいづみが、天馬にそう声をかける。

「ああ、二人に最高の舞台を観せることができた。みんなと監督のおかげだ」

そう微笑む天馬の表情はやり切った達成感と自信にあふれていた。

ずっと越えられなかった壁を一つ乗《の》り越えて、偉大《いだい》な父から認められたというのは、天馬にとって何よりの誇《ほこ》りだろう。

その気持ちがいづみにも伝わってくる。

（……私も、お父さんに、みんなの舞台を観てもらいたかったな。もし、お父さんが観てたら、なんて言ってくれただろう。初代の夏組を思い出したりするのかな……）

思わず天馬たちの姿に自分の姿を重ねてしまう。

（まだあの映像の中の初代夏組には届かないかもしれないけど、いつかきっと……）

そう初代夏組の稽古《けいこ》風景の映像を思い浮《う》かべたいづみの脳裏《のうり》に、ある姿がよぎった。

（そういえば、あの映像に映ってた男の子――）

一瞬にして映像の中の少年の姿が記憶《きおく》の中の姿と合致《がっち》して、思わず走りだす。

「――ちょっと出てくるね！」

「おい、どこ行くんだ？」

言うなり楽屋を飛び出していくいづみに、天馬が不思議そうに声をかける。

「先に打ち上げ始めてて！」

いづみは振り返りながらそう告げると、劇場の裏口へと走った。

劇場のエントランスの方へ回り込むと、帰宅する観客たちの姿がまばらに見えた。

（今回も絶対見に来てるはず。今なら、まだ劇場の近くに――）

いづみはあちこち見回しながら、天鵞絨《ビロード》駅の方へと足早に向かう。

と、その視線がひと際目立つオーラを放っている金髪《きんぱつ》の男の上で留《と》まった。

「いた！　左京《さきょう》さん！」

いづみが大声で呼びかけながら駆け寄ると、左京がわずかに目を見開く。

「なんだ、金でも返しに来たか」

「違《ちが》います！」

勢いよく首を横に振るいづみを見て、左京は目を細めて鼻を鳴らした。

「ゲネの評判を見た時は、どうなるかと思ったがうまくやったみたいだな」

そうほめながらも、ただし、と先を続ける。

「これで気を抜くなよ。少しでも集客が落ちれば、すぐにでも劇場を潰《つぶ》してやる。いいか、利益を上げるには、舞台だけではなく物販《ぶっぱん》のことも考えろ。これからは――」

そのままいつもの講義が始まりそうになるのを、いづみが慌てて止めた。

「ま、待ってください！　劇団運営レクチャーを聞きに来たんじゃないんです！」

「……じゃあ、なんだ」

怪訝《けげん》そうな左京の顔を、いづみがまじまじと見つめる。

（うん、この右目の下のホクロ、間違いない）

何も言わずにいづみの顔が迫《せま》って来るのを見て、左京がわずかに身を引く。

（夏組のビデオ映像に映っていた少年は左京さんだ。稽古を見学してたってことは、演劇に興味があるはず……）

「ヤクザにメンチ切るとはいい根性《こんじょう》してるな。ケンカを売ろうってんなら――」

「何の話ですか！」

戸惑いと苛立《いらだ》ちを混ぜたような口調で左京がすごむと、いづみがすかさず突っ込んだ。

「それはこっちのセリフだ。人の顔をじろじろ見やがって。それとも、なんだ……俺に色目でも使おうってのか？」

意趣返《いしゅがえ》しとでもいうように、左京がぐいっといづみに顔を近づけると、いづみは臆《おく》することなく一枚の紙を掲げた。

「これを見てください！」

「――ぶっ」

勢《いきお》いよく出された紙が左京の顔に貼《は》りつく。

「人の顔に紙を押し付けるな！　殺す気か！」

そう言いながら一歩後ずさると、顔面に貼りついた紙をはぎ取る。

「なんだこれ……チラシ？」

手渡されたのは、一枚のチラシだった。春組と夏組のフライヤー写真が小さく載《の》っていて、その上にでかでかとオーディションの文字が躍《おど》っている。

「秋組加入オーディションのチラシです」

いづみがそう告げると、左京が眉をひそめた。

「……なんのつもりだ」

「スカウトのつもりです」

あっさりと告げるいづみのまっすぐな視線を受けて、左京が戸惑ったように目をそらす。

「はっ、ヤクザまでスカウトするたあ、やけくそにもほどがあるな」

「初代夏組の稽古風景のビデオを観た時、夏組の人たちと一緒に映っていた男の子がいました」

左京の反応を探《さぐ》るようにいづみがゆっくりと話しだす。左京は視線をそらしたまま何も言わなかった。

「男の子の右目の下には、特徴的《とくちょうてき》なホクロがありました。少し面影《おもかげ》があるだけだったし、最初は確信が持てなかったけど……」

そう言いながら、いづみの視線が左京の右目の下に留まる。そこには紛《まぎ》れもなく、ビデオの少年と同じホクロがあった。

「思い出せば思い出すほど、左京さんはMANKAIカンパニーのために色々言ってくれたとしか思えなくなってきたんです。左京さん、ほんとは劇場のこと、ずっと前から知ってたんですよね。そしてきっと、この劇場のことがすごく好きだった」

確信に満ちたいづみの言葉にも、左京はじっと聞いているだけで何も答えようとはしない。

「春組公演のアンケートで、千秋楽に匿名《とくめい》でびっしり書いてくれたのだって、もしかして左京さんじゃないですか？」

問いかけにも黙《だま》ったままの左京に、いづみがさらに続ける。

「オーディション、来てください。お願いします」

そう頭を下げると、左京がようやくいづみの方を見た。

「……いっぱしの総監督《そうかんとく》の顔になりやがって」

いづみの言葉を否定も肯定《こうてい》もせずに、ただそう告げた左京は、何かを懐《なつ》かしむような柔《やわ》らかな表情を浮かべていた。

「……言っとくが、俺の中のお前はいまだにチビのままだからな」

「えっ!?」

左京の思いがけない言葉に、いづみがぱっと顔を上げる。

(もしかして私、小さい頃に左京さんと会ってる……？)

いづみが自らの記憶をたどるように視線を流した時、左京が踵《きびす》を返した。

「……これは考えておく。じゃあな」

そう言いながら、持っていたチラシを軽く振る。

「絶対来てくださいね！　待ってますから！」

いづみは祈《いの》るような気持ちで、左京の背中にそう叫《さけ》んだ。

いづみと別れてビロードウェイを歩く左京が、オールバックの青年を追《お》い越《こ》していく。

青年は左京を気に留めることもなく、どこかぼんやりとした表情で手元のチラシを眺《なが》めていた。

「……椋のやつ、立派に役者してたな。秋組オーディション、か……」

チラシはさっき左京が受け取ったものと同じものだ。

考え込むようにチラシを見つめていた青年の背中に、不意《ふい》に声がかけられる。

「――おい」

「……ん？」

オールバックの青年を呼び止めたのは、同じくらいの歳《とし》の気の強そうな目をした青年だった。

「O高最強のヒョードージューザとかいうヤツってお前？」

挑発《ちょうはつ》するような口調でそうたずねる相手に、オールバックの青年が不審《ふしん》げに眉を吊《つ》り上げる。

「……あぁ？　なんだテメェ」

「俺、摂津万里《せっつばんり》。お前と同じでここいらじゃ負けなしなんだわ。ま、名前とかどうでもいいよな。とりあえず――」

万里と名乗った青年は、言葉を切るなりためらいもなく回《まわ》し蹴《げ》りを繰《く》り出した。すんでのところで、オールバックの青年が後ろに飛び退《すさ》る。

「お前のこと、ぶっ潰すから」

万里はそう告げると、口《くち》の端《は》をゆがめて笑った。

終章　冷めない熱

「それでは、夏組《なつぐみ》公演千秋楽《せんしゅうらく》大成功を祝《しゅく》しまして、かんぱい！」

談話室にいづみの乾杯《かんぱい》の音頭《おんど》が響《ひび》く。同時に、グラスの鳴る陽気な音があちこちで弾《はじ》けた。

「かんぱーい！」

「かんぱい！」

「乾杯」

「かんぱ〜い」

「おつかれー」

千秋楽を無事に終えた夏組メンバーがそれぞれの健闘《けんとう》をたたえ合い、グラスを掲《かか》げると、春組《はるぐみ》のメンバーも集まってくる。

「夏組のみんな、お疲《つか》れさまー！」

「おつー」

「おつおつ」

「おつかれダヨー」

咲也《さくや》を皮切りに、綴《つづる》、至《いたる》、シトロンがかわるがわる夏組メンバーをねぎらう。

「いやー、でもほんと面白《おもしろ》かったわ。脚本《きゃくほん》で読んでる時よりも数段面白くなってた」

綴がウーロン茶を飲みながらそう告げると、一成《かずなり》がぱっと顔を輝《かがや》かせた。

「つづるんにそう言ってもらえると、うれしー！」

「ありがとうございます！」

椋《むく》も笑顔《えがお》で礼を言うと、咲也がうんうんとうなずく。

「夏組の舞台観《ぶたいみ》て、オレたちも早くまた舞台に立ちたくて、ウズウズした」

「たしかに」

咲也の言葉に、淡々《たんたん》と真澄《ますみ》が同意する。

「こっそり混ざるヨ！」

「目立ちすぎるわ」

シトロンの提案は幸《ゆき》がすかさず却下《きゃっか》した。

「そういえば、この間著名な演劇評論家の方がブログにレビューを載《の》せてくれて、反響《はんきょう》がすごいんですよ」

支配人が思い出したように声をあげる。

「春組夏組の旗揚《はたあ》げ公演の再演希望の問い合わせが、劇団の連絡窓口にたくさん来てます」

「そうなんですか⁉」

咲也が驚《おどろ》いたように身を乗り出す。

「まずは秋組《あきぐみ》公演だけど、再演もしたいね」

「また、ロミジュリやりたいです！」

いづみの言葉に、咲也が勢《いきお》い込んで答えた。

「ワタシ、セリフ増やしてもらうネ」

「たしかに、前よりも日本語うまくなったし、いけますね」

シトロンの要望に対して、思案《しあん》気《げ》に綴がうなずく。

「再演とかめんどい……」

「ちょっとー⁉」

ビールをちびちびと飲みながら気だるげにつぶやく至に、綴がすかさず突っ込んだ。

「今ならもっと、アンタを夢中にさせられる」

「はいはい」

じっと熱っぽい視線を向けてくる真澄を、いづみが軽くいなす。動機はどうあれ、真澄も再演に対してやる気があることには違《ちが》いがない。夏組の公演は春組メンバーにとっても刺激《しげき》になっていた。

「なんか公演が終わったなんて信じられないな」

しみじみといった調子で天馬《てんま》がつぶやくと、一成が大きくうなずいた。

「マジそれな。なんか、明日も続きそうな感じよな」

「もっとやりたいよね」

椋も名残惜《なごりお》しそうに遠くを見つめる。

「明日から再演する～！」

「ずるいです！」

三角の言葉に、思わずといった調子で咲也が声をあげた。舞台に立ちたいのは、春組メンバーも夏組メンバーも同じだった。

（春組、夏組の再演をするためにも、秋組公演も絶対成功させなきゃ……！）

意欲にあふれた団員たちを見つめながら、いづみが改めて決意を固める。

劇団を存続させるためには、ここで満足するわけにはいかない。左京《さきょう》から出された条件には、まだ秋組と冬組《ふゆぐみ》の公演の成功が残っているのだ。

（オーディション、どんな子が来てくれるかな。左京さん、ちゃんと来てくれるといいけど……）

いづみはオーディションのチラシを持って去っていった左京の後姿を、ぼんやりと思い出していた。

人気《ひとけ》のないGOD《ゴッド》座《ざ》の劇場内に、長髪《ちょうはつ》の男が立っていた。

男の前にはMANKAI劇場よりも一回りも二回りも大きい舞台が広がっている。客席のキャパも比べ物にならない数で、座席や設備も最新のものが備え付けられていた。

「『かつて栄華《えいが》を誇《ほこ》ったMANKAIカンパニー、その華麗《かれい》なる復活劇の幕開けか。旗揚げ公演の再演が待ち遠しい』……か」

ビロードウェイでも名の知れたGOD座の主宰《しゅさい》、神木坂《かみきざか》レニは演劇雑誌の記事を読み上げると、忌々《いまいま》し気に眉《まゆ》をひそめた。

「……やはり、目障《めざわ》りだな」

小さくつぶやいて、背中越《ご》しに後ろを振《ふ》り返《かえ》る。

「……晴翔《はると》」

後方に控《ひか》えていた晴翔が小走りに近づいてきた。

「はい」

「……アイツを呼べ」

「かしこまりました」

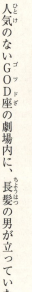

晴翔が小さく頭を下げて客席を出ていくと、レニは舞台へと静かに視線を移した。

「……まだ私のジャマをするのか、立花《たちばな》よ」

レニの手の中で丸められた雑誌がひしゃげ、小さく音を立てた。

あとがき

こんにちは。『A3!』メインシナリオ担当のトムです。

本作は、スマホアプリのイケメン役者育成ゲーム『A3!』のメインシナリオに描写を加筆した公式ノベライズ本、第二巻です。

春組《はるぐみ》に続き夏組《なつぐみ》の物語はいかがでしたでしょうか。

春組に比べると全体的に年齢層が低く、ワイワイガヤガヤとした夏組ですが、その分動《どう》と静《せい》、明《めい》と暗《あん》の対比が際立《きわだ》つ組ではないかと個人的には思っています。

ゲーム本編でも、夏組の物語ではヒロインのいづみが一歩引き、天馬《てんま》を中心とした団員たちに焦点《しょうてん》を当てているので、小説でもなるべく天馬の心情がより伝わるように心がけました。

それぞれ演劇を通じて一歩前に踏《ふ》み出した彼らの成長は、アプリの方でもお楽しみいただけますので、小説共々よろしくお願いします！

二〇一八年六月　トム

番外編 夏組サマーバケーション

プールの水面《みなも》には、きつい夏の日差しならぬネオンの明かりが反射して揺《ゆ》れていた。

ナイトプールと名付けられた夜間に営業しているプールは、オンシーズンの昼間よりも人は少ないもののなかなかの盛況《せいきょう》ぶりで、プールの中からもプールサイドからも楽しげな歓声《かんせい》が響《ひび》いている。

ただ普通《ふつう》のプールとの決定的な違《ちが》いは、頭上には夜空が広がり、客層に小さな子供が含《ふく》まれていないという点だ。

「うぇ～い！　プール～！」

「さんかくスライダーもある！」

水着にパーカーを羽織った一成《かずなり》と三角《みすみ》が一目散《いちもくさん》にプールへと駆《か》け寄る。

「ナイトプールって初めて来たけど、昼間とはだいぶ雰囲気《ふんいき》が違《ちが》うね」

後ろからは、いづみたちがのんびりと辺りを見回しながらプールサイドを歩いてきた。

「ここなら天馬《てんま》くんも目立たないからいいね」

「そうだな」

椋《むく》が夜間も使えるサングラスをした天馬を見上げる。天馬の目立つオーラも、暗がりではいつもより控《ひか》えめだった。

「日焼けもしないし」

「インステ映《ば》えもばっちし！」

幸《ゆき》が夜空を仰《あお》ぐと、先頭を歩いていた一成が後ろを振り返った。

「みんなの希望と見事に合致《がっち》したね。たしかに、日焼けのことを気にしなくていいのはいいかも」

いづみがそう同意すると、一成が防水ケースに入れたスマホを構えてひらひらと手を振る。

「みんなこっち見て～」

一成の方に視線が集まった瞬間《しゅんかん》、カメラのシャッター音が響いた。

「インステ一枚目アップ～」

「こんなに薄暗《うすぐら》い中でも撮《と》れるのか？」

「もち！」

天馬が一成のスマホを覗《のぞ》き込《こ》むと、ライトアップされたプールサイドを歩くメンバーがキレイに映し出されている。カメラの性能もあるのだろうが、夜景を撮るための設定も一成にはお手の物だった。

「スライダー滑《すべ》ろ～！」

三角が奥《おく》のウォータースライダーを指差しながらそう急《せ》かす。

「わあ、ライトアップしてあってキレイですね」

三角の後について歩きながら、椋が歓声をあげた。安全面も考慮《こうりょ》してか、スライダーの周囲はひときわ明るくライトで照らされている。

「先が見づらいから、ほど良くスリルがあっていいかも」

スライダーの階段を上りながら、下を覗き込んだいづみがそう告げる。ライトアップされているとはいえ、昼間に比べれば見通しは大分悪い。

「オレあっちで待ってるね」

一成は階段を上らずに、メンバーたちに手を振った。

「え？　滑らないの？」

「後で滑る～」

椋の質問にそう答えると、着地点のプールの方へと回り込んでいく。

やがて順番が巡《めぐ》ってくると、メンバーたちが歓声をあげながら次々とスライダーから滑り落ちてきた。

下のプールサイドで待ち構えていた一成が、雫《しずく》を滴《したた》らせながら上がってきた椋にスマホの画面を見せる。

「見て見て！」

画面には椋がプールに着水した瞬間の写真がおさめられていた。椋の周囲に飛び散る水《すい》滴《てき》一粒《ひとつぶ》一粒が、ライトの明かりに照らされてキラキラと光っている。

「わあ、すごい！　よくこんなベストな瞬間撮れたね!?」

「ま〜ね〜」

得意げな一成の周りに、先に滑り終わっていたいづみや幸も集まってきて、スマホ画面を覗き込む。

「よく撮れてるね！」

「ムダにインステ技術が高い」

「ムダじゃないって！」

口をとがらせながらも、一成はさっそくインステにアップし始める。投稿《とうこう》にはすぐに他のユーザーから『ええな！』が送られてきた。

「この写真、髪《かみ》が濡《ぬ》れてるからか、ちょっと大人っぽく見えるね」

いづみが椋の写真を見ながらそう告げた。

緩《ゆる》くウェーブがかったふわふわの髪が濡れてストレートになっている上、目元が隠《かく》れているせいか、普段《ふだん》とは少し違った印象を受ける。

「えへへ、少女漫画《まんが》みたいに周りがキラキラしてて素敵《すてき》ですよね。ありがとう、カズくん」

いづみの言葉に少し照れながらも、写真を気に入ったらしい椋が目を輝《かがや》かせながら一成に礼を言う。

「後で送るよん」

一成はピースサインをしてにっこり微笑《ほほえ》んだ。


「こっちはビーチボールで遊べるって！」

二回ウォータースライダーを滑ってきた三角が、今度は小さなコートを指差す。

「やろ、やろ！　どうやって分かれる？」

一成がすぐに反応してメンバーを見回すと、幸がさっと身をひるがえした。

「じゃあ、見学組で」

言うなり、近くにあったデッキチェアに腰《こし》を下ろす。

「やる気なさすぎだろ！」

早くもくつろぎ始めた幸に天馬が突っ込むと、いづみも隣《となり》のデッキチェアにいそいそと座《すわ》り込んだ。

「私も幸くんと同じ組にしようかな」

「ドリンク頼《たの》も」

「あ、トロピカルジュースだって。フルーツいっぱいでおいしそう」

サイドテーブルに置かれたメニューを見ながら和気あいあいと話す幸といづみを見て、天馬があきれたように首を横に振る。

「ったく……」

「じゃあ、二対二ね」

一成はそう言うと、三角と一緒《いっしょ》にネットの向こうへと回った。必然的に、三角と一成のペア対椋と天馬のペアということになる。

「行っくよ～！」

三角から、のんびりとした口調とは裏腹な鋭《するど》いサーブが繰《く》り出される。

「うわっ」

「ととっ」

天馬と椋がなんとか返すと、すかさずネット前にいた一成がボールの軌道《きどう》の先を指差す。

「すみー、そっち！」

「おっけ～！」

普通なら届かないと思われる距離《きより》を軽々と飛び込みで詰《つ》め、回転レシーブを決める。

「あんな取り方ありかよ」

「さすが、三角さん！」

三角の返したボールが天馬たちのコートの誰《だれ》もいない空間に鮮《あざ》やかに落ちるが、天馬も椋も、ボールよりも三角のスーパープレイにくぎ付けになっていた。

結局試合は三角と一成ペアのストレート勝ちとなり、試合にならないということで、三角以外の三人対三角での二セット目を開始することになった。

白熱する試合を横目に、幸といづみはのんびりとフルーツの盛り合わせに手を伸ばす。

「あ、この桃《もも》おいしい」

「垂れてる」

幸がいづみのラッシュガードにこぼれた桃の果汁《かじゅう》を指差す。

「わあ！　本当だ！」

いづみは慌《あわ》てて上着を脱《ぬ》ぐと、おしぼりで拭《ふ》き始めた。その姿を、幸がじっと見つめる。

「ふーん、そういう水着着てたんだ」

ずっと水着の上にパーカータイプのラッシュガードを着ていたため、幸は初めていづみの水着を見た。

「うん。着るのは結構久しぶりだけどね」

「だろうね。流行《はや》りじゃないし」

幸の手厳しい指摘《してき》に、ぐ、といづみが言葉を詰まらせる。服にはうるさい幸は、当然トレンドについても敏感《びんかん》だ。

「でも、そういうすっきりしたデザインは似合うんじゃない」

「え？　本当？　ありがとう！」

いづみの声が弾《はず》む。センスのいい幸にほめられることは、そうそうない。お世辞も言わないだけに、いづみも素直《すなお》に喜んでしまう。

「まあ今着るなら、ビビッドカラーだけどね」

釘《くぎ》を刺《さ》すことも忘れない幸に、いづみは素直にはい、とうなずいた。


その後波のプールも満喫《まんきつ》して休憩《きゅうけい》していたメンバーたちが、そろそろ帰ろうかと話していた時――。

「あれ？　天馬くんは？」

ふと天馬の姿が見えないことに気づいたいづみが、辺りを見回した。

「そういえば、さっき飲み物買いに行くって言って戻《もど》ってきてない」

「もしかして、迷っちゃったのかな」

幸が答えると、椋が首をかしげながら心配そうな表情を浮《う》かべる。

「暗いから、誰が誰だかわかんないしね」

いづみも思案《しあん》気《げ》に眉根《まゆね》を寄せると、一成がスマホを取り出した。

「ＬＩＭＥで連絡《れんらく》してみよ」

「置いてってる」

幸が指し示したサイドテーブルの上には、天馬のスマホが置きっぱなしになっていた。

「あら～」

「アナウンスで呼び出してみようか」

いづみがそう言いながら立ち上がる。

「皇《すめらぎ》天馬って？」

「大騒《おおさわ》ぎになっちゃいますね」

幸と椋の言葉を聞いていづみが、あ、と口を開ける。有名人である天馬の名前を大っぴらに出すわけにはいかないだろう。いづみは困ったように顎《あご》に手を当てた。

それから数分後、騒《さわ》がしい施設内《しせつない》にアナウンスが流れた。

『お客様のお呼び出しを申し上げます。皇アリババ様、皇アリババ様、お連れ様がお待ちです。エントランスまでお越しください』

アナウンスから間もなく、エントランスで待つメンバーたちの元に、顔をわずかに赤くした天馬が足早に近づいてくる。

「おい、なんだあの名前は!?」

「あ、来た来た～」

サングラスに隠されていても、ひどく憤慨《ふんがい》しているのがわかる様子の天馬に、三角がのんびりと手を振る。

「しょうがないじゃん。テンテンの名前呼べないし」

「それにしたってもっと他にあるだろう⁉」

「まあまあ、無事に合流できたんだし」

発案者の一成に食って掛かろうとする天馬を、いづみがなだめる。

「ご飯食べて帰ろうって話してたんだ」

「そういえば、腹減ったな」

椋がそう説明すると、天馬がお腹《なか》を押さえる。

「プール入るとお腹すくよね」

「すいた〜。おにぎり食べた〜い」

一成と三角もつられてお腹をさすりながら、更衣室《こういしつ》の方へと歩き始める。

「近くにおいしいカレー屋さんがあるみたいだよ」

「パス」

「ええ〜」

提案を幸に即座《そくざ》に却下《きやっか》され、いづみは不満そうに声をあげた。

結局近くのイタリアンレストランで夕飯を済ませたメンバーたちは、夜の九時頃天鵞絨《ビロード》駅へと戻ってきた。寮《りょう》へと続く静かな住宅街の道を並んで歩く。

「楽しかったね～」

「いい運動になった」

満足げな三角に、天馬がうなずく。

「あ、月がキレイ」

「ちょうど満月かな」

椋が夜空に浮かぶふっくらとした月を指差すと、幸がのんびりと答えた。

「一成くん、どうかしたの」

めずらしく言葉少なに一番後ろを歩く一成を、いづみが振り返る。

「ん～。なんかちょっと帰り道って寂《さび》しくなるな～と思って。祭りの後って感じ？」

あいまいな笑みを浮《う》かべながら、前を歩くメンバーの後姿を見つめる一成の横に、いづみが並ぶ。

「そうだね」

「舞台《ぶたい》もさ、やってる間は本当に楽しくて、あっという間で。千秋楽《せんしゅうらく》終わった後にがらんとした客席見たら、しんみりしちゃうっていうか」

一成といづみの会話が聞こえたらしい天馬が、あきれたような表情で振り返る。

「何ガラにもないこと言ってんだ」

「はは、だよね～」

ごまかすように笑う一成を、それ以上からかう者はいなかった。天馬も他のメンバーも物思いにふけるように、つかの間沈黙《ちんもく》する。

おそらくその場にいた誰もが、一成と同じ想《おも》いを共有していた。数日前の千秋楽の記憶《きおく》は、簡単には消せないほど鮮明《せんめい》にそれぞれの中に残っている。

光が明るく眩《まぶ》しければ眩しいほど、失われた時の喪失感《そうしつかん》は増す。舞台の一瞬《いっしゅん》のきらめきが大きかったからこそ、再来に焦《こ》がれる。

夏組のメンバーたちは、名残《なごり》を惜《お》しんでいつまでも帰りたがらない子供のように、ふざけ合いながらことさらにゆっくりと帰途《きと》につく。

その後を柔《やわ》らかな月明かりの影《かげ》がどこまでも追いかけていった。

◆ご意見、ご感想をお寄せください。
[ファンレターの宛先]
〒102-8177 東京都千代田区富士見2-13-3
株式会社KADOKAWA　ビーズログ文庫アリス編集部
「A3!」宛

●お問い合わせ(エンタープレイン ブランド)
https://www.kadokawa.co.jp/
(「お問い合わせ」へお進みください)
※内容によっては、お答えできない場合があります。
※サポートは日本国内のみとさせていただきます。
※Japanese text only

A3!
克《こく》服《ふく》のSUMMER!

トム
原作・監修/リベル・エンタテインメント

2018年9月15日　初刷発行
2020年4月30日　第3刷発行

発行者　三坂泰二
発行　株式会社KADOKAWA
〒102-8177　東京都千代田区富士見2-13-3
0570-060-555(ナビダイヤル)
デザイン　平谷美佐子(simazima)
印刷所　凸版印刷株式会社
製本所　凸版印刷株式会社

ISBN978-4-04-735182-0　C0193

◇◇◇

次巻予告
つぼみが花咲く
公式ノベル第3弾！
A3! バッドボーイポートレイト
2019年春 発売予定!!

A3!
Act! Addict! Actors!
550万
DL
突破!
イケメン役者育成ゲーム
初の公式ノベル!
大好評発売中!
①The Show Must Go On!
②克服のSUMMER!
トム
原作・監修：リベル・エンタテインメント　イラスト：冨士《ふじ》原《わら》良《りよう》
話題のイケメン役者育成ゲーム、メインシナリオを手がけるトム氏によるノベライズ登場！　第1弾となる本作では【春組】の物語をお届け♪
©Liber Entertainment Inc. All Rights Reserved.